正義的代價

警察執勤中

顏瑜——著

目次

第一章

夏日炎炎，穿著深色制服在外巡邏是一件很痛苦的事，即使躲在樹蔭底下，王碩彥仍覺得悶熱難耐，彷彿有陣陣蒸氣正從衣服內透出來。

王碩彥，是一名從業超過十年的警察，年紀不算大，但經驗豐富。身處在大城市裡，人口多、案件多、公務就多，就算是剛畢業的菜鳥，也得在最短的時間內變得不菜鳥，否則只會被欺負。

「喂，攔到了沒呀？」王碩彥衝著前方問道，他現在就在欺負別人。

「還沒，學長，再等等。」對方回答。

站在十字路口，陽光底下的，是王碩彥的學弟，剛畢業沒多久，王碩彥一直記不住他的名字，只是叫他阿弟仔，反正阿弟仔也沒什麼存在感，就是乖巧好使喚，新人都這樣，不會破刑案，什麼也不懂，就是得學習，如此而已。

此時的阿弟仔正在路口抓交通違規，滿頭大汗的拿著指揮棒，盯著對面紅綠燈張望。這是他們這班巡邏的任務，要抓機車闖紅燈，

王碩彥不禁感嘆，真世事風日下，大材小用！連他這樣資深的警察，竟然都被派出來抓闖紅燈，

這種雞毛蒜皮的小事，竟然會落到他頭上，他幾乎有三年沒執法過交通違規了，他處理的都是刑案等等，他所認為的大事。

「嗶嗶嗶！」這時，阿弟仔吹哨了。

終於抓到闖紅燈了，某個不長眼的機車騎士沒見到對街站了個警察，僥倖就直接騎過來，被阿弟仔攔個正著。

王碩彥翻了個白眼，呼，太好了，終於抓到了，不然真不知要在這大太陽底下站多久。

「先生，你剛剛闖紅燈唷。」阿弟仔正在與那名騎士對話。

「啊，我剛剛沒看到。」

「這樣還是違規唷，請出示你的駕行照。」

「蛤，拜託啦，大人，可不可以不要開，我只是學生而已，真的很窮。」

「沒辦法唷，違規就是違規。」

「拜託啦，不然開少一點。」

看違規者開始跟阿弟仔盧，王碩彥也沒有要過去幫忙的意思，只是繼續站在樹蔭下乘涼。違規者和警察盧罰單是常有的事，王碩彥相信阿弟仔能處理好的，他不會離開他的樹蔭半步，他都快熱死了。

「什麼，這樣要一千八喔！」違規者聽到罰單的金額，態度從求情到憤怒。

「對，如果有疑慮再到監理站申訴。」阿弟仔回答。

「我有疑慮，我現在就有疑慮，你有證據證明我闖紅燈嗎？我看到明明是綠燈呀！」

「有疑慮再到監理站申訴。」阿弟仔重複道，並繼續寫罰單。

「你們警察可以這樣嗎！沒有證據可以就這樣開單嗎！你不是說有錄影，我現在要看錄影！」違規者惱羞成怒。

「有疑慮再到監理站申訴。」阿弟仔像唱片跳針般繼續說道。

王碩彥滿意的點點頭，這阿弟仔也是學得滿快的，開罰單就是要像這樣，心平氣和，不管民眾是哭是求是鬧是罵，都要面不改色，堅定的將罰單寫完，否則永遠也開不成，放過這個還有下一個。

雖說一千八百元真的是一筆大金額，任誰被開到都會不爽，但警察也沒辦法，身在其位就必須將任務完成。王碩彥有時覺得很不公平，同是公務人員，和他們最相近的消防人員總是被尊敬，而警察卻時常被唾棄，還不是因為他們有許多懲罰性的工作需要處理。

「學長。」阿弟仔朝他揮手。

王碩彥的思緒立刻被拉回來，往那邊走去。

罰單終於開完了，違規者也離開了，王碩彥接過阿弟仔手中的紅單，看了看，然後滿意的點點頭，從腰帶中拿出他的印章，大大的蓋上：「不錯不錯，那你繼續努力，我先回派出所了。」

「好的，學長。」阿弟仔回答。

他將阿弟仔辛苦開的罰單佔為己有，蓋上了自己的名字，然後拍拍屁股，收起還沾有阿弟仔汗滴的罰單，跨上機車就揚長而去。

但阿弟仔也不生氣，只是默默目送王碩彥離開，自己繼續站在路口，準備攔住下一輛機車。明明辛苦開罰單的是他，王碩彥從頭到尾都在樹下納涼，功勞卻被王碩彥搶去，他卻連一句怨言都沒有。因為警察有根深蒂固的學長學弟制，某些事情總是資歷淺的人必須做，開罰單就是其中之一。而且，如果是剛畢業的菜鳥，那就更淪為跑腿的了，什麼買便當啦、掃地啦、訂飲料、接電話啦，都是菜鳥得一手包辦。

這在其他行業看來或許極為不公平、很受委屈，但在警界卻不是這樣；因為你資歷淺，你不會抓小偷、不會找贓車、不會破刑案，什麼都不會，所以自然得去做一些打雜的工作，好對整個團隊有所貢獻。如果你連幫學長流個汗、開個罰單都不肯，就別指望以後碰上大事情時，學長會幫你了。

阿弟仔上週才因為一起火燒車案件處理得亂七八糟，被所長罵個狗血淋頭，若不是王碩彥出手指導，恐怕連筆錄都生不出來，現在稍微回饋一下學長，也無可厚非。

「哎呀呀，累死我了。」王碩彥帶著開好的罰單，騎機車回到了派出所地下室，總算涼快多了。

按理講他這班是巡邏，還得繼續在外面繞半個小時才能結束勤務，但天氣實在是太熱了，他不提前回來真的會死掉，反正外面還有阿弟仔罩著呢。

王碩彥所在的這間「霖光派出所」屬於大所，編制有將近四十人，是整個分局最大的派出所，所以地下室也特別大，大到有一個「神祕庇護所」。

王碩彥走向機車停車處末排，伸手推開了一扇髒兮兮的門，彷彿能預見裡頭只是一間窄小骯髒的儲藏室。誰知一開門，白光照面，豁然開朗，一股冷氣襲來，人聲喧囂，好不熱鬧。

「哈囉。」王碩彥朝裡頭打了聲招呼，然後關上門。

這裡是廢棄的舊餐廳，佔地有將近二十坪，只見眼前的圓桌坐了五、六個警察，有的在看電視，有的在玩手機聊天。冷氣開到最大，和外面火熱的環境相比，簡直是天堂。

「嗨，鹽哥。」眾人也向王碩彥打招呼，叫著他的暱稱。

你猜的沒錯，這個「神祕庇護所」就是「偷懶庇護所」，裡頭吹著冷氣的警察全都和王碩彥一樣，有勤務在身，理應在外面巡邏，此時卻都躲到了這個地下室，納涼休息著。

警察並不像童話書裡寫的那樣神聖，警察也是會偷懶；也是會摸魚；也是會在完成工作後跑去休息；也是會當「薪水小偷」；上班的時候睡覺。

「鹽哥，你罰單開好了哦？」某位同事問道。

「開好啦。」王碩彥晃了晃手中的紙，春風得意。

「未免也太快了吧？你不是才剛上班？」

「阿弟仔就很會開，我哪有辦法。」王碩彥回答道，毫不掩飾這張罰單其實是別人的成果。

離勤務結束還有半小時，大夥兒還得在這裡待半小時，才能上樓回到派出所。王碩彥和人寒暄幾句後，就站到鏡子前整理儀容，他不打手機電動，也不看電視，暫時沒那個興致。

他最近受到了某位長官的刁難，長官等會兒說不定會看他的鬍子有沒有刮，所以他得整理一下。

想到這裡王碩彥就氣，他又不是小學生，都什麼年代、他都什麼資歷了，竟然還要被檢查儀容？只能說，這位長官並不是尋常的長官，一般的長官看的都是績效、都是案件有沒有辦好，就這個長官特別麻煩，上週就開始關心起他的鬍渣，還和他槓上了。

眾人之所以得待在這個地下室，也是這位長官的緣故，否則平時天氣熱，大家就直接回派出所休息了，所長也不會特別管，哪還得窩囊地躲在這彆扭的地方！

「欸，時間到了，要交接勤務了，我們走吧。」半小時很快就過了，某人說道。

大夥兒紛紛站起，關冷氣的關冷氣、關電視的關電視，就地解散。

王碩彥又看了看鏡子裡的自己，俊俏的臉蛋、濃密的眉毛、剛正不阿的面孔，令人肅然起敬。嗯，嗯，也是帥得可以，派出所沒幾個人可以比。

王碩彥暗自調侃了自己的幾句，覺得自己雖然不是美女們喜歡的小鮮肉，但至少也是個成熟穩重的帥男人，只是鬍子多了點、眼袋重了點而已。

「嗨，學長，我開到四張單欸，超多的！」結果，王碩彥一出庇護所就遇到了騎機車回來的阿弟仔，滿臉發光的在和他炫耀成果。

「你開那麼多做什麼？」王碩彥直接潑他冷水。

「咦？」阿弟仔愣住。

「你開那麼多單，讓其他學長怎麼做人？」王碩彥癟嘴說道：「所長說一人開一張，就是一人開一張，你開四張，是要讓其他學長被唸嗎？」

「呃，我沒想那麼多……」阿弟仔愧疚的說道，他沒想到自己認真做事也會被罵。

「事情是要做『對』，不是要做『多』，在這個圈子尤其重要。」王碩彥點出了官僚文化的一個特點，不僅僅不能做「多」，甚至也不能做「好」，你要是把一件事做到很完美，那你就慘了，以後這事都由你來做了，甚至標準會越來越高。今天能開四張罰單，明天就開八張，沒達成，長官就不滿意了，根本不會記得原先的標準只有一張。

「你去把多出來的三張分給其他還沒開單的學長。」王碩彥直接教他怎麼做，畢竟阿弟仔也勉強算他的搭檔，兩人的上班時間很常重疊：「你就當做公關了，把那三張送出去。」

「呃，好吧……」阿弟仔有些氣餒，他辛苦揮汗的成果就要這樣白費了。

「快喔，等等五點就要開會了。」

提點完畢，王碩彥就上樓去了，想要從菜鳥變成不那麼菜鳥，就要從這些小事開始學起，當警察，做人永遠比做事重要。阿弟仔倒也上了一課，他第一次知道原來罰單也可以拿來做公關送人。

霖光派出所一樓，大白天也燈火通明，整點是勤務交接時間，大家要換班，在寬闊的大廳排隊簽名打卡，裝卸槍枝子彈，三三兩兩聊天。

環狀的落地窗向著外頭，自動門玻璃上貼著反詐騙宣導海報，「服務人民」字樣的兩枚大豎幅高掛在挑高的牆上，頗添氣派之勢。而門內的警察值班台再進來，就是志工台的桌子了，只不過這志工台和一般派出所的志工台很不一樣，桌面上擺滿了松柏樹木等等小植栽，桌邊有兩張小書墨山水畫，整個就很「個人化」。

一般的派出所都會配置一個志工台，由數位熱心的叔叔阿姨輪班，負責引導民眾，協助領取司法文書等等工作，是國家立法設置的，每個派出所都有。但就是這個志工台，造成了近半年來，霖光派出所的混亂。

王碩彥身在簽名打卡的行列中，眼光不時留意著空蕩蕩的志工台，神情頗為煩悶。因為他剛才在地下室所提到的，那位和他槓上的「非常規」長官，就是志工台的志工。

「欸，瑪爾濟斯勒？」王碩彥向剛才待在派出所內值班的同事問道：「今天怎麼沒來？跑哪去了？」

「去上廁所吧，沒跑哪去，就在這裡。」同事無奈的回答。

「喔，廁所……」王碩彥的目光旋即從外側的志工台轉向派出所內側。

不出多久，那位「瑪爾濟斯」就出來了，是個滿頭白髮的老人，頭髮捲捲，捲成一團，兩隻眼睛又圓圓的，看似無害，翻臉時卻會馬上橫眉豎目，破口大罵，神經質，頗像某種名犬瑪爾濟斯，所以被眾人戲稱為「瑪爾濟斯」。

「都幾點了，還不簽名簽快一點！」瑪爾濟斯嚷道，不耐煩的語氣馬上讓他黑溜溜的眼睛說橫眉豎目就橫眉豎目：「擋到我的路了，你們這樣民眾進來怎麼過？」

「是是是，對不起，警政監。」眾人灰溜溜的趕緊讓路。

一般的志工阿姨、伯伯，都是慈眉善目的鄰家長輩類型，但霖光派出所這位志工可不是，他之所以敢這樣對基層員警說話，是因為他是警官退休的，官位還不小，是警政監。

這位警政監叫做李玉潔，名字像女生就不說了，他會跑來派出所當志工，完全就是個讓人滿頭問號的行為。一般派出所的志工是十幾位輪著的，可能某一位負責禮拜一，某一位負責禮拜二，但霖光派出所就偏偏冒出了這位退休警官當志工，還自告奮勇的負責了禮拜二、禮拜三、禮拜四，總共三天！

要知道，志工是無薪酬的，通常由熱心的地方人士擔任，屬義務性質，有時還招募不到。像警政監這種大官，好好的退休生活不過，跑來當志工幫民眾發文書，究竟是圖什麼呢？

警政監有多大，說出來不怕你嚇到，大概就是一個縣市警局的科、室、處長那麼大，或是直轄市警局的副科長，階級是三線一星，換算過來是軍隊裡的少將級別。要知道，線條越多的越大，霖光所的所長也才兩條線兩顆星而已，一個四十人單位的警察主管，都不配給這位李玉潔當副手。

即便是退休了，警政監還是很大，官威餘在，半年前他剛空降出現在霖光所當志工時，分局長還特地來送禮，雖然不知送的該用什麼名目：是祝賀高升嗎？還是祝賀榮退？可人家是志工，高升個屁，榮退也早在三、四年前就退休了，要退到哪裡去？實在找不到理由。

總之，剛開始那時候，分局長隔三差五就會來拜訪一下，現在雖然少了，但還是惦念著。而所長更像個兒子似的，好聲好氣的伺候著這位警政監，週二週三週四，通天待在派出所，陪他聊天泡茶。志工台太舊，說換就換，桌面想擺啥就擺啥，知道這位警政監喜歡盆栽，所長馬上送了一株聽說要價數萬的小松樹，現在志工台的盆栽都比公務信件佔的位置還多了。

眾人摸不透警政監想做什麼，磨了半年也沒把他磨走，最後所長也就認了，知道這鬼是請不走了，再不爽，也只能忍受自己的領地有一個比自己大很多的官。所幸的是，警政監已退休，不能接觸派出所的公務，頂多只能大聲嚷嚷，而警政監本人也沒有要涉權的意思，他就是要大聲嚷嚷而已，他就是瑪爾濟斯，愛衝著人吠。

眾人這才懂了，他不過是不甘退休、戀權罷了，在家頤養天年不要，就是要拖著快七十歲的身軀，在他還能發揮餘威的地方，展現一點存在感。

「王碩彥。」李玉潔忽然喊了王碩彥的名字，黑圓的眼睛咕嚕嚕轉著，整個派出所警員的名字他都記下來了，彷彿自己才是主管：「昨天叫你刮鬍子，你的鬍子呢？」

「報告警政監，刮好了。」王碩彥立刻像個小孩跑過去報備。

李玉潔瞇起眼睛，打量了一下王碩彥的臉，雞蛋裡想挑骨頭，卻找不到地方下手，只好悻悻然作罷：「下次再讓我看到有鬍渣，我就請督察室來查你，我跟你講啦，要是你是我以前的部屬，我早就讓你知道什麼叫警察的臉都被你丟光了，我以前在保安科當科長的時候……」

李玉潔又開始講起他的陳年往事，和所有眷戀過去的老人一樣，滔滔不絕。王碩彥煩都快煩死了，只好默默低頭和同事互扮鬼臉、翻白眼。

就是李玉潔的存在，讓派出所原有的氣氛整個亂了套，現在大夥上班也不敢回所裡偷懶，吃飯聊天也不敢太大聲，週二、週三、週四，更只能躲在樓下的「庇護所」。而且要說李玉潔沒有干政，也是不對的，所長規定每個人要開一張罰單，就是李玉潔雞婆的結果。

李玉潔注意到派出所的交通罰單都交由固定幾個人來開，他認為這樣不公平，便「指導」所長應該要平均分配，於是現在可好了，沒有各司其職這種事了，大夥兒以後都得每個禮拜交一張罰單出來了，已經三年沒摸過罰單本的王碩彥也不能免於此，他也得做開罰單這種小兒科的工作了。

要知道一個大公司要運作得好，一定是將適合的人放在適合的位置，而不是一味講究公平。警察單位也一樣，有人天生就很抓酒駕、有人天生很會抓毒品，有的沒什麼專長，但心腸硬，就適合開紅單。現在搞個齊頭式的平等，整體的效率都下滑了，像王碩彥這種不開罰單的人，也得浪費時間每週去生一張出來。

但誰叫人家是警政監呢，警政監說對的就是對的，所長也懶得在這種事上多費唇舌，一人開一張就一人開一張吧，警政監開心就好。

累的是大家而已。

「王碩彥。」

「又！」王碩彥舉手。

「罰單開了嗎？」

「開了。」

「許碩宏。」

「又！」

於是五點的派出所會議上，開門見山就是先檢討罰單。

開會地點在派出所二樓，能容納四十人的地方，比地下室的「庇護所」還大三倍，雖然目前只有二十餘人在場上班。

前方坐著的一排幹部，正中間是所長，而正在唱名問罰單的，則是副所長，其他的是巡佐，也就是比較資深的基層員警。

所長名叫林木森，長得瘦巴巴的，營養不良好像一副竹節蟲的模樣。但所有人都知道這人可說是吃好穿好的最佳代表，眼睛很利，有什麼好東西都先納入囊中。

上回中秋節，里長托人送了些文旦來，結果剛進派出所就先被林木森給攔截了，他把十幾個品相好的都扣住，剩下爛的、長斑的才送來樓下給部屬吃。人家里長明明是要給派出所同仁吃的，他身為所長卻拿走了一半。

這人就是這樣，沒什麼氣度也沒什麼品德，整個派出所幾乎沒人喜歡這位主管，更別提春節那時，連送來的糖果他都要先挑過一輪，到底是有多貪心？家裡有窮成這樣嗎？

「林玉昆。」副所長繼續唱名。

「又！」對方回答。

「罰單開了嗎？」

「開了。」

檢查罰單就花了將近半小時的時間，這都是警政監的德政。但所長林木森卻也沒關緊要，雙眼放空的坐在他的位置上，偶爾回神一下，可能在想晚餐要吃什麼，然後又繼續放空。待會兒即使開正會，他也只是把上頭交代的事項照稿唸出來而已，每週都是這樣。

這就是他們派出所的日常，一個無能的主管，一個空降的警政監志工，和一群混吃等死的基層公務員。

第二章

一晃眼，會議已經接近尾聲。

「欸，那個王碩彥，等一下開會結束留下來一下。」這時，林木森的聲音讓王碩彥回過神來。

「喔，好。」王碩彥答道。

王碩彥壓根兒沒記住中途又講了什麼，光聽罰單的唱名就讓他夠頭痛了，而所長叫他留下來，他並沒有多意外，肯定與下個月要交出來的毒品績效有關，這責任又要落在他頭上了。

王碩彥擅長抓毒品，這就是他在霖光所內的「位置」，就如同阿弟仔負責開罰單、副所長負責幫所長唸稿一樣，他們都有各自在台面下的職責。王碩彥是刑警隊出身，在這個轄區又待了超過十年，對於毒品績效，有許多獨家的門道與方法，那是其他人望塵莫及的。

開會結束，王碩彥尾隨林木森走進所長室，林木森開口就問：「那個阿欽，最近怎樣？」

阿欽是王碩彥的「線人」，也就是提供犯罪情報的人，這些線人本身也都遊走在法律邊緣。去年差不多這個時間點，派出所最大的毒品績效就是阿欽提供的，所以林木森認得這個名字。

「還不錯啊，活蹦亂跳的。」王碩彥隨口回答，他哪不知道所長在想什麼。

「我們今年還缺一個毒品，他生得出來嗎？」林木森問道。

「可以吧，我再問問。」

「坐啊。」林木森回過頭來，指著沙發說道，狡儈的臉，現在要討績效倒變得親切起來了：「我聽說他年初卡案件，被抓進去，你確定找得到人？」

「早就出來了，上上個月就出來了。」王碩彥呵呵笑道，也不客氣就坐下來：「人家現在可有錢了，在阿三仔那裡贏了一筆六十萬的六合彩。」

王碩彥又提到了一個新的名字，但不重要，反正這些人都不是什麼善類，都是棋子而已。

阿欽是個大毒蟲，年初才因為持有安非他命被抓進監獄關，現在出來豈想洗心革面？以往他動不動就找王碩彥要錢花，三千五千的，現在賭博贏錢了，王碩彥暫時耳根子清淨，然而為了毒品績效，他們恐怕又得攪和在一起了。

警察與線人的默契是很微妙的，你要想套取情報，就得給他們好處，金錢算是小事，有時他們出事了，犯法被抓了，你還得幫他們，冒著將自己賠進去的風險。

王碩彥和阿欽的默契很簡單，給零用錢就不用說了，阿欽有吸食毒品，偶爾會囂張的來派出所閒晃，全所也都認識這個人；只要是在霖光所的轄區內，警察就不會去攔查阿欽，路上見著了，再可疑也當沒看見，這就是霖光所給阿欽的好處。

反正這也不違法，沒有攔查，誰知道這人身上有沒有毒品呢？霖光所的警察也沒做錯什麼，只不過你知我知他有吸毒，但只要不是在光天化日之下亂搞，便睜一隻眼閉一隻眼罷了。

「你確定他會幫忙？我覺得他不會幫忙。」林木森搖搖頭說道，一副很懂的樣子：「他年初被抓進去，沒怪我們就不錯了，還會幫忙嗎？」

「那是他自己白目，跑到板橋去被抓到。」王碩彥耐著性子回答道：「當初就講好了，僅限在我們轄區內會保他，出了我們轄區就是他家的事了，被抓活該。」

「啊他沒打電話給你求救？」林木森故意接著問，讓王碩彥覺得很煩，這討厭鬼不曉得要做什麼。

「有打啊，我沒接，也不認帳。」王碩彥說道：「誰打來我都說不認識這個人，這不是廢話嗎？」

「喔喔，那我就說啦，他不會生氣嗎？你怎麼確定他這次會幫忙？」

「他欠我很多人情，他只要持續有在用（毒品），他敢不幫嗎？」王碩彥不懂眼前這從警至少超過二十年的老傢伙，為何要逼他把話說得這麼白：「他不幫，我們第一個就弄他，他還住在我們轄區裡勒。」

「所以阿欽這條行得通？」林木森問。

「對。」

「對喔，你說的喔。」林木森笑道，彷彿捉到了王碩彥的把柄：「五月十三號，『擴大毒品取締專案』截止日前，要把阿欽這條給我弄到手。」

「嗯。」王碩彥悶聲回答道，真相大白，原來他這是被林木森給下套了。

「要是沒達成，就算到你頭上。」林木森變臉說道，原本微笑的皺紋擠成一團，表明了現在就將責任算清楚，要說有多不厚道就有多不厚道：「一定要達到。」他說。

原來前面講那麼多，就是要王碩彥給出保證，王碩彥也是無奈，其實這也不算下套，大家都在同一條船上，毒品假如沒抓到，上面罵的也是所長而已，王碩彥揹不了什麼黑鍋，也保不了林木森什麼。

林木森就是個膽小鬼，沒什麼能力，逢上巴結，逢下就吃下屬豆腐，他就是怕達不成績效，硬要王碩彥做出保證，給王碩彥壓力。殊不知這種威脅對破案根本沒幫助，能抓到的就能抓到，抓不到的還是抓不到。

回頭看看，整間所長室為了討警政監的喜好，跟風也擺了一堆爛盆栽。人家警政監那些好歹也是什麼松樹柏樹，林木森為人吝嗇，捨不得花那個錢，買的竟然都是些常春藤、小竹子等等破玩意兒，一點誠意也沒有，現在枯的枯、黃的黃，整個房間搞得亂七八糟。

「五月十三號，『擴大毒品取締專案』，就這樣。」林木森最後又提醒了一下，滿意的點點頭：「好了，你可以走了。」

「是，所長。」王碩彥翻了個大白眼，起身。

這所謂的「一個毒品」，林木森所要的「一個毒品」，可沒有字面上那麼簡單，不是隨便抓到一個毒蟲就算數了；它真實的含義叫做「毒品危害防治條例第四條：製造、運輸、販賣第一級毒品者，處死刑或無期徒刑」，簡單講就是販毒，是重罪。

如果是第二級毒品，刑期還沒那麼重，但上頭要的就是第一級。實務上，要完成這個案件，你得需要一個毒販和兩個證人，這兩個證人還不是普通人，他們就是向毒販買毒品的涉案者，所以你總共需要三份完整且「自願」的筆錄；而且現場查扣的毒品數量還得夠多，才能符合販毒的要求。

就是這麼的困難，你一個菜鳥警察、或普通的警察，去哪裡變出三個人以及這麼多毒品給你抓？那毒販又不是傻子！

電視上演的，什麼警察查獲毒梟與大量毒品，都不是走路走一走剛好碰運氣遇到的，都是有消息、有情報、有線人、有安排的，不存在什麼真正的人贓俱獲，都是警察和毒蟲聯合設圈套給毒販跳而弄出來的。

下個月就是毒品取締月，而王碩彥早在林木森今日發話前，就已經想好了這次要怎麼做。像這種重大刑案，一年只需要一到兩個，今年他打算這樣搞：他不打算弄誰，這次就弄阿欽。

往年的劇本，都是阿欽夥同阿欽自己找來的朋友，一起向某個毒販買毒，暗中和王碩彥配合，在買毒的現場，警察突然出現，直接將三個人抓起來，然後阿欽和他朋友轉為汙點證人，指控對方販毒。

這套劇本並不是沒有瑕疵，阿欽和他朋友還是得承擔部分刑責，只不過刑期很輕罷了。通常王碩彥會交代他們在事發的前兩個禮拜就停止吸毒，免得驗尿驗不過，驗出毒品反應而增加刑責。但去年，阿欽卻故意吸毒，讓自己的驗尿結果呈現陽性，被判了三個月外加勒戒，易科罰金九萬元。

阿欽藉此跟王碩彥勒索了十幾萬，說要繳易科罰金和精神賠償，這事原本派出所就有給阿欽錢了，算是配合演出的酬勞，現在又故意搞這齣，讓王碩彥很是惱火。

十幾萬，也不是王碩彥出，可以用派出所那模糊不清的公款找名目挪出去，但王碩彥不用想也知道林木森肯定拒絕，十幾萬用在林木森自己身上多好，誰要白白給一個無賴？

於是，王碩彥就不給錢，而阿欽就說要把近幾年和霖光所種種不光彩的事情都捅出來，雙方鬧得很不愉快。最終，王碩彥仍說服了林木森給錢，這才勉強擺平風波。

其實王碩彥並不怕阿欽，畢竟警察也不是省油的燈，做事都不會留下把柄，這沒證沒據的，誰理你一個毒蟲說什麼？但考量到他還需要阿欽，所以才會給錢。

現在阿欽「報恩」的機會來了，去年的仇，王碩彥現在還記著呢。

他已經寫好了劇本，就讓阿欽和往年一樣，去找朋友和他上游的毒販買毒；但這次有劇中劇，王碩彥打算和那個上游的毒販串通好，當然也包括了阿欽的朋友，然後讓這兩個人反咬阿欽，說販毒的其實是阿欽，現場捉到的毒品都是他的。

這下，買毒的檢舉人變成了販毒的苦主，阿欽死定了，不論筆錄中如何狡辯，只要王碩彥讓其他兩人將筆錄說死，加上人贓俱獲，阿欽逃也逃不掉。

之所以這麼有自信，正是因為這次要處理的上游毒販，就是被阿欽贏了六十萬六合彩錢的莊家，也就是阿三仔。阿三仔可不爽得很，要他免費報仇都願意。

想到這，王碩彥感慨的嘖嘖兩聲，販毒是重罪，阿欽這次被他弄進監獄，沒個十年應該是出不來了，他和阿欽三年的緣份即將結束，沒有什麼依依不捨，只有麻木的平靜。

畢竟他們一個是警察，一個是罪犯，不宜認識太久，三年也差不多了，彼此利用完，誰該上哪兒，誰就上哪兒去，王碩彥毫不愧疚，三年來包庇的事情真的夠多了，王碩彥並沒有虧欠他什麼。

回到一樓派出所大廳，王碩彥目光掃過櫃檯，第一句話就是向值班台問道：「瑪爾濟斯呢？」

這時段值班的同事是一個白白淨淨的女孩子，王碩彥都叫她奶瓶，說話嗲聲嗲氣的，細細柔柔，年紀不小，資歷也不算淺了，但看起來跟著菜鳥似的，老愛裝無辜、裝不懂。

其他同事（僅限男同事）都覺得她很可愛，王碩彥則是持平略偏討厭，他不喜歡這種沒路用的人，追不到小偷、逮不住嫌犯，對派出所沒貢獻，連寫字都特別慢，每次簽名打卡，後面都擠了一堆人。

像奶瓶這樣的女警，只是更加深警界對於「女警不會辦案，只是花瓶」的印象。

「瑪爾濟斯唷？」奶瓶歪頭想了一下：「回家了吧？」

「妳確定他這個時間回家？」王碩彥再次看向警政監的座位，懷疑的問道。

一般志工阿姨都是下午五點左右就走了，下班了，現在雖已經六點，但李玉潔可是全天下最「熱心」的志工，一個人包辦每週三天的工作就算了，還每天都在派出所待到九點，簡直是個瘋子。

「對啊，我看他抱著那盆樹走的。」奶瓶回想的說道，剛才就只有她沒去二樓開會，因為她是值班人員，得坐在櫃檯。

「哦哦，那就對了，確定已離開。」

李玉潔有一盆他最喜愛，也最昂貴的植栽，每天都帶來上班，每隔兩個鐘頭就噴噴水，然後回家時再帶回去這樣。王碩彥不知道那是什麼樹，大概是梅樹吧，因為王碩彥看過它開白色的花。

王碩彥知道這種松樹、柏樹、梅樹、柳樹可以長得很大，像尋常認知的那樣大，也可以長得很小，種在碗公大小的盆子裡，成為像假樹一樣的藝術品，但他不知道，原來種在不到三十公分盆子裡的迷你樹，竟也能夠開花。

大概半個月前，他看到擺在志工台上的，那盆李玉潔特別呵護的小樹，冒出了一朵白色的玩意兒，他當時以為是衛生紙，就去摸了一下，誰知那是一朵花，是李玉潔盼了好幾年才長出來的樹花，一摸就掉。

王碩彥當時臉就綠了，而李玉潔回來果然也氣到爆炸，雙眼圓睜，漲紅脖子，破口大罵，語無倫次，只差沒中風而已。他養了這麼多年的樹，好不容易等來開一朵花，就這樣被王碩彥給弄掉了。

從此王碩彥就和李玉潔鬧掰了，王碩彥上班，李玉潔就盯著時鐘，遲到一秒鐘，馬上發難；王碩彥出勤務沒帶哨子，發難；王碩彥吃飯太大聲，也發難。王碩彥因此被李玉潔調動的人馬給記了好幾支申誡，督察人員時不時來報到，李玉潔只要上班，成天就只盯著他的疏失，一心一意就要搞死他，這幾天抓不到缺點，就盯上了他的鬍渣。

王碩彥真的快被逼瘋了，但他哪有辦法呢，他只是一個小小的警察，哪能和偉大的警政監較量。其實他也沒有想較量，只能認命，誰叫是他自己手賤，去摸了人家栽培了多年的寶貝盆栽。

「王碩彥！」這時，熟悉的聲音傳來了。

王碩彥轉頭看，不是誰，正是滿頭白髮的李玉潔，抱著他的小樹從後門走進來：「你現在什麼班啊？還在所裡面做什麼？」

王碩彥嘴角抽搐，怨懟的看了一眼奶瓶妹子。不是說走了嗎？怎麼現在又出現？奶瓶無奈的聳聳肩。

「報告警政監，現在是備勤。」王碩彥回答道。

「備勤還不趕快去備勤台坐好！」李玉潔嚷道。

「遵命！」王碩彥趕緊跑到位置上。

在後陽台抽菸的林木森聽到動靜，也趕緊熄了熄菸蒂，出來關心一下：「王碩彥，你怎麼搞的，這位置也不坐好。」他順著李玉潔的話題，指著王碩彥罵道：「還不趕快坐好！」

「遵命所長，我坐好了。」

「真是的，連坐都坐不好，椅子要坐端正，坐三分留七分，學校沒教嗎？」林木森氣呼呼的唸道，轉眼間又露出微笑，比個手勢對李玉潔說道：「警政監要不要上來喝杯茶？我昨天才來一批上好的普洱茶。」

「不了，我剛吃飽，喝茶不太好。」李玉潔不鳥林木森，抱著他的盆栽就回志工桌去了。

林木森臉又垮下來，朝王碩彥瞪了一下，自討沒趣的上二樓，回他的所長室去了。

幹，現在是三小？王碩彥真的是滿腹的問號。

這派出所的氛圍真的是有病，所長翻臉跟翻書一樣，彷彿有精神分裂就算了，還能和一個病更重的警政監一搭一唱，關心他有沒有坐在椅子上。

他真的是警察嗎？還是小學生？剛才他們不是還很認真的在討論毒品問題嗎？

「嘿，嘿，奶瓶。」過了一會兒，王碩彥悄聲朝值班台的奶瓶妹招手，躲著李玉潔的視線。

「幹嘛？」奶瓶用氣音問道。

「你們吃了嗎？晚餐吃什麼？」王碩彥也用唇語緩慢的問。

「還沒，浩哥他們訂便當，還沒來。」

「那也幫我訂一份。」王碩彥伸手比一。

「好。」奶瓶點點頭。

等待便當的時間，王碩彥閒得發慌，只能偷偷用手機，不敢去後面的沙發睡覺，這瑪爾濟斯也不知什麼時候才要走。

王碩彥的這班勤務叫做備勤，顧名思義，是預備的警力，在派出所待命，若是在以前，王碩彥根本不會留在這裡，而是直接跑去樓上宿舍睡覺，或跑去外面遛達，但現在有瑪爾濟斯在，他只能乖乖在崗位上。

說到乖乖在崗位上，這李玉潔倒也挺以身作則的，他雖愛耍威風，但肩負著志工的身分，卻也老老實實的做著志工的角色。平時有民眾進來問案，他都會接待，司法文書也都好好的收發著；若真想耍官威，倒可以將這些事情丟給基層警員就好，但他並沒有。

此時正巧有民眾進來，要領司法信件，李玉潔慢條斯理的整理著郵箱，和那人寒暄，談起他的盆栽多漂亮。王碩彥看著這一切，真是又好氣又好笑，那民眾要是知道眼前這位，是官職直逼分局長的退休警政監，不知做何感想。

還是那句老話，真不知李玉潔圖的是什麼，好好在家不要，偏來這地方折騰。

「欸，鹽哥，幫我蓋一下章。」這時，奶瓶趁著李玉潔在忙，離開崗位，捧著一本公文冊走了過來。

鹽哥這個暱稱跟著王碩彥很久了，奶瓶不懂它的含義，還以為只是王碩彥吃得比較鹹，殊不知它有個特別的故事。至於是什麼故事，王碩彥也沒告訴過她，就留待後話了。

王碩彥瞥了那公文冊一眼，問道：「要蓋什麼章？」

「這裡。」奶瓶翻開冊子說道。

這是一本「轄區戒護人口簽到表」，新聞上有什麼性侵犯、金融犯或是其他重大罪犯獲得假釋，被從監獄裡被放出來，他們每天都要到警局進行報到，讓警察確認他們還住在轄區裡，沒有逃跑或逃亡。這些相關人犯，每天來派出所簽的就是這本書。

王碩彥望了望冊子，沒見過上面的名字：「這誰呀？剛放出來的嗎？」

「對呀。」奶瓶回答。

霖光派出所目前有五位的戒護人口，算多，這五位每天都要來派出所報到簽名，這項業務由奶瓶負責管理，要是有某一天沒來，那奶瓶就要立刻通報相關單位，該人員可能逃亡了，要馬上把他找出來。

這項業務看似簡單，只要每天檢查簽名，實則責任十分重大，因為它管理的，就是一堆假釋的犯人，雖然形式上被濃縮成只剩一個本子，但只要漏檢查一天，都有可能出大事。

畢竟，即使是總統被假釋，出來要簽的也是這個本子，沒有其他本子。

「我要蓋什麼？不太懂。」王碩彥望著冊子，沒拿出他的印章。

「這天你值班，你沒蓋到。」奶瓶指著某個日期，那裡有戒護人的簽名，卻欠了當天警察的蓋章。

「我值班？我怎麼不記得他有來報到。」王碩彥故意說道。

「唉唷，反正你值班你就蓋一下嘛。」奶瓶開始盧。

是這樣子的，奶瓶雖然是業務的管理人，但也不可能二十四小時在派出所等這五個人來報到，所以這冊子一般放在櫃檯，由當時段值班的警員來處理，奶瓶只要檢查這五個人有沒有來就好。

當時段值班的員警，就要在冊子上蓋章，以證明他們確實有看到戒護人來報到。

「他就不是在我那時候來的，你問那天是誰拿本子給他簽的，叫他蓋。」王碩彥回答道。

「吼唷。」奶瓶真是有苦說不清。

王碩彥哪會不知道她的苦呢，他知道最近有人來請託林木森，說原本要一天一報到的事情，能不能改成三天報到一次，比較方便。

這在法律上當然是行不通的，但在實務上也不是做不到，就是讓該戒護人每三天來簽一次名，每次都簽三天的份罷了，預簽明天的，或補簽昨天的。

林木森肯定是准了，否則奶瓶也不會這麼苦，那個空缺的印章部分，就是每三天簽一次的瑕疵，奶瓶得找人來認這個帳、填這個缺。

王碩彥再次望了冊子一眼，上面有三分之一都是奶瓶自己的印章，要知道，不可能戒護人每天來簽名都剛好遇到奶瓶，所以奶瓶不能再蓋章了，再蓋就太假了，只能換個人蓋。

這種作弊的事情，說沒事就沒事，出事的時候可是會爆炸的，要是戒護人預簽了三天的份，然後逃跑了，奶瓶會被送法院的。

「拜託啦，鹽哥，就跟你借個印章而已。」奶瓶扭捏的開始哀求，其他人或許吃這套，但王碩彥可不理會：「便當什麼時候來？」他不耐煩的說道，直接把話堵死了：「我餓了，妳去問問。」

「……」奶瓶見王碩彥話都說到這份上了，只好摸摸鼻子走人。

王碩彥雖然板著臉孔，但也挺同情她的，林木森是所長，所長要她做的事情，她敢不從嗎？不過林木森也只敢欺負這種比較弱小的下屬，資深的，像王碩彥，林木森哪敢提出這種要求。

王碩彥又想了一下冊子上那些印章，還真沒見到有幾個資深的同事蓋章，大部分都是阿弟仔等等剛畢業的菜鳥在幫忙蓋。

當警察就算不會做事，也要懂得看一些門道，大家當警察都十幾年了，不會抓毒品、上班都鬼混，好歹也知道這印章不能隨便亂蓋。要論背黑鍋、扛責任，眾人腦子可精明得很，會出事的東西見著了都一哄而散，跟脫兔似的。

「王碩彥。」李玉潔的吆喝聲突然傳來，像在喊什麼僕人似的。

「是。」王碩彥立刻站起來。

「這民眾好像被詐騙了，你還不快來幫忙！」李玉潔嚷道。

王碩彥這才意識到志工台前站著一位阿婆，他剛才忙著想奶瓶的事，都沒注意到有民眾進來了。他趕緊過去接洽，作為預備警力的他，就得處理此時的臨櫃報案，奶瓶只是櫃檯值班，他是後台真正要接手事情的人。

王碩彥將阿婆接到座位上，開電腦連接警政系統，一面認真的聽著阿婆講述她是如何遭到詐騙集團欺騙，進而匯款了一大筆錢到不明的帳戶去。

這種詐騙，進幾年來真的很多，已經屢見不鮮了，歹徒的手機通訊設備等等，基本上都設置在國外，根本查不到所在地，而收受的贓款也會馬上被領出來，不可能抓得到人，更不可能追回贓款。

但王碩彥還是很認真的在聽阿婆講述，因為警政監就站在一旁監視，瞇著眼看王碩彥有沒有好好處理，他知道王碩彥愛偷懶。

事實上王碩彥也打算偷懶，這種案子，王碩彥是不會開案的，開案曠日廢時，要做筆錄，要影印相關證據，然後訂成卷送交上層，重點是，這種詐騙案件報案又如何呢？抓不到歹徒，錢要不回來，根本沒意義，讓民眾拿著開好的三聯單出去，民眾就會喜孜孜嗎？

以上思想經過了王碩彥的美化修飾，實際上就是兩個字而已，他打算「吃案」。

「阿嬤，我跟妳講吼，妳那個手機號碼給我，我幫你查。」王碩彥說道，趁著警政監離開去上廁所，趕緊加快速度把不該說的話說一說。

「啊蝦咪手機號碼？我的喔？」阿婆問道。

「不是妳的啦，壞人的啦，壞人用哪支手機給妳打電話，妳現在寫給我。」王碩彥推出一張紙，讓阿婆書寫。

他不打算開案，不打算開立「詐欺案件三聯單」，但仍得給阿婆一個交代，至少得蒙混過去，讓人家覺自己的案件有被記錄了。

王碩彥看了紙上寫的手機號碼，利用警政平台查詢，然後說：「阿嬤，妳這個號碼吼，已經被其他派出所通報六十三次了啦。」王碩彥照實的唸出螢幕上的數據，他可沒有騙人：「歹徒已經用這個號碼騙了六十三個人，有六十三個人報案了啦。」

「蛤，騙了六十三個人喔？」阿婆傻眼。

對啊，同一個號碼已經被開了六十三次三聯單了，所以他這次不用開了啦，前面六十三個警察也不知道在蠢什麼，同一批歹徒被這樣重複開了又開，開了六十三次，開心酸的喔。

這是他的心裡話。

「嘿啊，這號碼已經被通報，我們已經在抓這個人，在查了。」王碩彥耐心解釋，再開單也沒用，六十三次變六十四次而已：「啊我這邊幫你做個記錄，以後如果有抓到這個人，我們馬上會通知妳。」

王碩彥確實做了記錄，打著鍵盤在系統上輸入了阿婆的相關資料，但就是不開三聯單，也沒做什麼筆錄。

「通知我，啊，抓得到嗎？」阿婆殷切的問道，引頸向前，有些懷疑：「我聽說那些人很聰明捏。」

「對，真的很難抓到，現在這種的都躲在大陸。」王碩彥回答道：「坦白跟妳講，妳這個錢可能要不回來了，這個妳一匯過去就被領光了。」

「唉，我就笨，當初我就一直在想，啊如果不要那樣，啊他說得是真的嗎？啊我兒子叫我趕快報案，我那時候如果……」阿婆陷入自責，開始語無倫次。

王碩彥一邊聽她說話，一邊簡單的開了一張報案證明文件出來，那並不是三聯單，也不需後續處理麻煩細節，上面只有短短三行字，描述了一下阿婆發生的事情。

「這個給妳，妳這邊幫我簽名一下。」王碩彥隨便指著一個空白處：「啊妳這樣就算報案完成了，我們會被幫妳查，啊如果有抓到這個人吼，會打電話跟妳講。」

「你不是說抓不到？」阿婆問。

「嘿啊，但報個案，咱們也比較安心。」王碩彥毫不心虛的說道，將紙摺好，塞進阿婆手裡。

「要認真幫我找捏。」阿婆說道。

「會啦。」

王碩彥又和阿婆說了幾句，然後就將阿婆送出了派出所，以上，他只花了大約二十分鐘，就解決了一起原先可能要花數小時開案的詐欺事件，他「吃案」成功。

但王碩彥心裡並沒有任何愧疚，他沒有騙阿婆，也沒有損害阿婆的任何權益，在他眼裡，這種案件就是不必開三聯單的，既浪費時間，又徒勞無功，反正同一批歹徒，別人已經報過了。

如果是車禍，那可能就需要開一下，以申請保險，但這種案件就是不用，王碩彥有他自己的判定標準，如果什麼事情都要按標準流程來，那他豈不是累死？

他就見過在阿弟仔當職的時段，有三位民眾同時進來報詐欺，阿弟仔那天加班了快六個小時，幾乎沒睡覺。

警察的精力不該耗費在這上面，來了三件，不代表三件都要開，要自己分辨什麼是該開的，什麼是不該開的。但當時王碩彥也沒和阿弟仔提點什麼，免得人家說他在「教壞囝仔大小」，有些事情總是得靠自己去學會，時間到自然就懂了。

「啊民眾勒？」這時，警政監的聲音忽然從後面響起。

王碩彥嚇了一跳，他發誓，只要李玉潔一天不走，他總有一天會死在心臟病。他從警這麼久，還沒有一個人可以讓他這麼心煩的。

「報告警政監，她先回去拿資料。」王碩彥立刻起身說道。

「什麼資料？」李玉潔狐疑的問道。

「我請她去印她那個匯款的資料。」王碩彥胡謅道，並看了一眼時鐘，快九點了，只要撐過九點這個討厭鬼就走了：「老人家動作比較慢，我請她盡量快一點。」

「你最好不要給我胡搞瞎搞。」李玉潔不客氣的指著他的鼻子說道：「上次我看你站交通崗在那邊三七步，我還沒告訴你們所長，下次我就叫你站門口給我看。」

王碩彥不懂站交通崗和現在又有什麼關係了，但也只能為命是從：「是，警政監，我下次改進。」

「哼，你要是活在我當所長那時候，可沒現在這麼好過。」李玉潔碎碎唸道，慢步走回他的志工台。

九點，終於到了。

李玉潔在那裡欣賞字畫，然後時間一到就準時站起來，整理整理桌面，披上外套，抱著他的小樹就悠哉悠哉的走了。

這回是真的走了，王碩彥跑到門口去看，見李玉潔確實往家裡的方向走去，身影消失在騎樓，他家就在距離派出所不到兩百公尺的轉角而已。

「哈。」奶瓶噗哧一聲笑出來，她也鬆了口氣：「鹽哥，瑪爾濟斯真的很針對你耶。」

「別講了，講到我就頭痛。」王碩彥累癱了的說道：「這些官腦子裡都只裝他們想的，根本沒幹過基層的活，就在那指指點點。」

「但你也滿厲害的，阿婆被騙了二十萬也敢叫她回去。」

「不管被騙多少還不是都抓不到。」王碩彥意興闌珊的回答，手撐在值班台：「而且所長也不樂見派出所有那麼多詐欺好嗎！」

「說的也是吼。」奶瓶忽然又拿出那本公文冊：「那鹽哥，這個幫我蓋一下。」

「不。」王碩彥立刻調頭走人。

「拜託嘛，我求求你。」

「No。」

李玉潔既已走了，王碩彥就快活了，他到了大廳後台的沙發，脫下皮鞋，舒舒服服的就躺下來，安心睡覺。

在霖光所，除了警政監，其實沒人管得了他，林木森需要他的績效，對這些偷懶的事不會太在意，只要王碩彥給得出他要的東西，不來上班都沒問題。但就是李玉潔來了，讓大家都亂了套，連所長都為了討李玉潔歡心，也敢像罵小學生一樣罵他了，剛剛還叫他坐好，真是沒規矩了。

誰知王碩彥才睡不到多久，案件又來了。

「學長，有人撿到手機。」奶瓶忽然跑過來叫他。

「撿到手機妳不會處理嗎？」王碩彥翻過身，背對著她，不太高興，雖然責任上是他要處理。

「可是……不是普通的手機。」奶瓶欲言又止的說道。

「不是普通的手機？不然是什麼手機？」王碩彥睜開雙眼。

奶瓶手上拿著的，是一支被車壓到壞掉的手機，螢幕破碎，外殼龜裂。王碩彥不以為然的問：「這不是普通的手機是什麼？就壞掉了而已，一樣受理啊。」

「上面有髒東西，我不敢碰，鹽哥你處理啦。」說完，奶瓶就將手機放在桌上，害怕的走了，她已經忍耐許久。

王碩彥用衛生紙撥了撥手機，果然很噁心，背面的裂殼卡著像嘔吐物的東西，綠綠黃黃的，大概是哪個酒醉的人又忘記保管好手機，直接吐在上面又被車壓到吧？

他拎著手機回到前台，見撿到它的民眾仍在場，便朝他揮揮手，讓他過來。

「你在哪撿到的啊？」王碩彥問道，拿出一張紙又讓對方寫：「身分證有帶嗎？」

所謂的撿到手機，理論上就叫「拾得物案件」，跟撿到皮包、撿到錢一樣，民眾送來派出所，就要開案，並協助找到施主發還。

但王碩彥才不願意開案，尤其是撿到手機。若是撿到錢，他還會斟酌，但手機就不必了，近幾年來，他連一張手機的拾得物案件都沒開出過。

「什麼時候撿到的啊？」王碩彥邊問邊清理手機，試圖讓它恢復運作。

「大概半小時前，我溜狗的時候在公園撿到。」報案的男子回答。

「啊那時候有人在附近找嗎？」

「沒有。」

王碩彥測試著手機還能不能用，有沒有密碼，是否能進入通訊錄內，聯絡失主的家人。這是他處理「撿到手機」的方式，他會想辦法開機，破解手機，或從手機的外殼尋找任何聯絡方式，然後把手機還回去給丟掉的那個人。

按照一般的作業流程，拾得物應該開立聯單，製作筆錄，然後封存物品，貼條送交保管箱，接著再送到分局，由分局的專責人員進行發還與保存。

但王碩彥覺得這樣太麻煩了，人家失主就想要找回手機而已咩，你手機試也不試，做那麼多筆錄印那麼多紙，然後把手機包了一層又一層，放到倉庫，隔個三五個月後才開始要大批進行處理，幹嘛呢？

王碩彥不走那一套的，只要有人撿手機來，他將資料抄一抄就請那人回去了，然後自己想辦法破解手機。或是將手機放在抽屜，等看看有沒有失主的親朋好友打來，再進行聯絡，這就是他的處理方式。

「好了，目前手機看起來還沒辦法開機，你可以先回去了。」王碩彥對著報案人說道。

「咦？不用做筆錄嗎？」對方疑惑的問道。

「不用喔，我們會幫你找到失主。」

「可我看網路上的人說會有什麼三聯單。」對方伸手描述道：「好像多久沒人來認領，手機就會變我的。」

「你講的是撿到錢的狀況，那才要開案，因為錢很難找到是誰的，最後也比較好歸報案人所有。」王碩彥癟著嘴說道，覺得眼前的人真難纏：「這支手機都壞成這樣了，你還想要喔？」他推出被他包在衛生紙裡的爛手機。

「沒有沒有，我沒有那個意思。」對方趕緊搖搖頭，怕被以為自己很貪心：「我只是單純撿到。」

「我們會趕緊聯絡失主，趁它還有電的時候。」王碩彥指著手機說：「到時候有找到人再通知你一聲，反正你有留資料。」

「好的，謝謝警官。」民眾就此走人。

唉，王碩彥嘆了口氣，覺得心情挺煩，今天運氣也太差了，案件那麼多，一直無法休息。他聞了聞手指，還有嘔吐物的臭味，趕緊去洗洗手。

「鹽哥，你又推案了唷，連手機都不受理。」奶瓶雞婆的跑過來問道，捏著鼻子盯著那枚手機看。

「什麼叫推案，這叫節省紙張，避免無謂的資源浪費。」王碩彥一本正經的說道，瞪了奶瓶一眼：「好不容易瑪爾濟斯走了，想睡個覺，也不幫我一下。」

「就很臭呀，我不想。」奶瓶直搖著頭。

警察的學長學弟制反應在任何層面上，如現在，手機的案件理應是王碩彥要的責任，但王碩彥卻怪罪奶瓶不幫忙。要是阿弟仔，哪敢跑來後面吵王碩彥？這奶瓶，果然還是翅膀硬了。學長的工作，只要是簡單的，就是學弟幫忙做，這是警界的潛規則。

「回去值妳的班，好好坐好，不要再有案件跑進來了，我快下班了。」王碩彥叨唸道，並也看透了奶瓶的心思，見她還捧著那本公文冊，便說：「休想我會幫妳蓋，講一百遍了，不要就是不要，妳敢偷拿我的印章妳就死定了。」

「我哪敢啊，鹽哥。」奶瓶無辜的說道。

「回去值妳的班。」

王碩彥用報紙將剛才撿來的噁心手機包了又包，丟抽屜去了，過幾天要是都沒人打電話來，他就當這手機沒人要了，再進入下個環節處理。

剩半個小時下班，王碩彥也沒心情睡覺了，關於「拾得物」，他就想到他有一個私人的祕密倉庫很久沒整理了，不如現在去看看。

他和奶瓶打了招呼，然後就往三樓去了。

在三樓，每位員警有他們自己的公務櫃，王碩彥打開公務櫃，再打開最下面的抽屜，一堆雜七雜八的東西立刻映入眼簾。

有空皮夾、有水壺、書包、鞋子甚至還有化妝品、面膜，當然，最多的莫過於手機。這個抽屜就是王碩彥所受理的「拾得物們」，最終的去處。

只要不是貴重的「拾得物」，王碩彥就不會開單受理，他會將它們私自保管起來，等人來認領。像剛才那隻破掉的手機，要是過了一週沒人認領，也會被王碩彥給拿來三樓這邊保存。

當然，這個抽屜也不是這些「拾得物」最後的歸宿，王碩彥有他自己的時間表。一樣物品只要在這個抽屜待超過兩年，兩年來都沒有人認領，王碩彥就會將它們「處理」掉，反正它們經被遺忘了，要追究行政責任，兩年也剛好是一個期限。

所謂的處理，就是扔掉，王碩彥會將它們分批丟進公園的垃圾桶、丟進水裡、丟進河裡；若是更不要緊的物品，就直接包一包連同派出所的垃圾一起丟進垃圾車裡，毫不需要偷偷摸摸。

這裡有一個非常明確的原則，王碩彥會將它們「扔掉」，而不是「據為己有」。據為己有就是侵佔，是犯法，但扔掉，被發現的話頂多違法行政規則，而且王碩彥也沒那麼蠢，會被抓到。

所以，不管這些「拾得物」裡有多麼好的東西，王碩彥都不會看一眼，他很清楚法律的界線在哪裡。況且，要是真的貴重的物品，就不會出現在這裡，他會乖乖的開三聯單，送到上層去。

而手機，偏偏就是屬於不貴也不便宜的曖昧物品，又是被撿來派出所最多的，在王碩彥的規則裡，他很早就將手機定為可以扔掉的東西，這替他省去了很多時間與精力。畢竟，他已經給了失主兩年的時間來認領，失主自己不要，那也別怪他無情。

「嘖嘖嘖嘖，什麼時候堆了這麼多？」王碩彥將整個大抽屜拉出來，真的發現該整理了。

將近三百件的物品，說混亂，也是亂中有序，因為它們是分區域的。王碩彥在最舊的那塊區域找到了一張紙條，上面寫著二零一八年六月，這是該區域最後入庫那個物品的日期，而現在都已經二零二一年了，早過了兩年的期限。

於是王碩彥找來了一個垃圾袋，將所有過期的東西全扔進去，像個聖誕老人似的，打包起來，準備下班時找個好地方「處理」掉。

「下班囉～」王碩彥哼著歌，已從寢室換掉制服下樓。

他今天後半段的運氣不錯，最後半小時都沒有案件來，可以準時下班了。他簽名退勤時，奶瓶還不放棄的在盧著其他人幫她蓋章。

王碩彥沒有理她，也沒有多和其他同事交談什麼，今天已經夠累了，他將槍械裝備還一還，揹著他的大包包，瀟灑離去。

十點鐘，或許是很多人已經休息的時間，但王碩彥才剛下班而已。他的夜生活才剛要開始，他已經約好了人要打牌喝酒。但在那之前，他還有工作要完成。

王碩彥跨上機車，掂了掂背包裡那袋沉重的「拾得物」，得趁著有夜色掩護，趕緊將這麻煩的東西處理掉。

第三章

那堆「拾得物」裡，大部分無關緊要的物品都已經被王碩彥扔到派出所後院的大垃圾桶裡了，明天一早就會有清潔阿姨來收走。剩下在他背包裡的，都是些手機、空皮夾等等玩意兒，還有個看似頗昂貴的玻璃盒子。

手機佔得最多，大概有二十幾支，民眾最常撿來派出所的就是手機，而這種東西理所當然不能丟到派出所內的垃圾桶，得另外處理。

王碩彥騎著機車沿著堤防道路往回家方向騎，一離開霖光所的轄區後，他就開始丟東西，邊騎邊丟，他先從包包撈出一個皮夾，往旁邊的草叢就是一扔。

扔在這麼顯眼的地方，他並不怕被發現，四處並沒有監視器。他這麼做的用意，是打算讓皮夾再次被撿到，然後送往「非霖光所」的其他派出所而已，使已經被遺忘了兩年的皮夾，再一次展開它的「拾得物奇幻旅程」。

王碩彥沿路丟了三個皮夾，剩最後一個特別破爛的，他就扔進河裡，反正也沒人要。再來剩下的東西就比較麻煩了，都是手機，王碩彥繼續往他家的方向騎，同一批東西都扔在這麼接近的地方也不好，他先騎一段路再說。

十幾分鐘後，他騎進了小巷子，他家就在對面那條大街而已。小巷子離堤防邊坡只有一路之隔，非常安靜，對街卻是夜市，王碩彥在這裡住很久了，他知道這地方沒有監視器。

他看中了一個水溝蓋，上面的橫條洞大小適當，他話不多說，從包包裡掏出手機，一枚一枚的就扔進去，好像在投幣一樣，角度還要對，有的水溝孔太小，扔不進去，就不合格。

眨眼的時間，王碩彥就將手機都扔完了，如釋重負，他找了另一個水溝孔，連那個麻煩的玻璃盒子也扔了進去，沒聽見碎裂的聲音，但管它碎不碎，反正丟掉就對了。

「哎，大功告成。」王碩彥伸伸懶腰，神清氣爽，垃圾袋都空了，到這裡，他今天的工作才算真正完成。

王碩彥樂從心起，神采奕奕，上班的時候很疲憊，下班反而精神很好，他跨上機車，立刻騎回家，快速洗澡，下一站沒有要去哪裡，他要去打牌了。

王碩彥並不住在霖光所轄區，沒人會想住在自己的轄區，走到哪都遇到自己的同事，甚至還會因為住得近，被所長叫回來幫忙，所以資深的警察大部分都住在離派出所略遠的地方。

他的身影很快出現在一個燈紅酒綠的場所，翠玉簾子背後是一張大麻將桌，王碩彥身處其中，叼著菸，快活的和對方輸贏；翠玉簾子前則是一座吧台，提供酒水餐點，更前方還有交誼廳。

事實上，這算是一座賭場，隱藏在民宅內，僅內行人知曉。以法律來講，開一桌賭桌並不違法，要兩桌椅上才有犯法疑慮。王碩彥屁股才剛坐熱而已，視線所及，雖然只有一張賭桌，但地下室其實還有好多張，所以才說這是賭場，違法的賭場。

既然是賭場，就不能太張揚，樓面上八成的空間都給了外面的交誼廳，交誼廳還刻意擺滿佛經布簾，此地無銀三百兩；進入廚房後道，才能看到這一賭桌，然後再沿著一道樓梯下去，才能看到更多賭桌。

想抓這個賭場可不簡單，通道嚴密又裝有監視器，周邊鄰居都打點好了，光看牌桌上赫然有警察參與其中，就知道肯定不簡單。

「嘿嘿。」王碩彥得意的呼道，推開手牌：「自摸。」

「媽的，又自摸。」

「今天你運氣是怎樣？」牌桌上的人紛紛表達不滿。

不一會兒，賭場的主人走進來了，方形的臉看起來凶神惡煞，目光銳利，但轉瞬又露出爺爺般慈祥的笑容：「今日來了啥？」他對著王碩彥問候。

「嘿啊，里長，啊你跑哪去，剛怎不在？」王碩彥問道。

「阮某勒叫我啦，厝欸孫仔不聽話，叫我回去教訓。」里長用流利的台語說道，坐下來就是一根煙，開始抱怨。（我老婆在叫我，說孫子不聽話）

沒錯，這座賭場就位在里長家裡，也只有像里長這樣的一方之霸，才夠熟悉地方事務，有能力營運賭場，黑道白道一把抓。

平時這轄區的警察就在外面的銅板門上簽巡邏表，偶爾進來泡茶，他們或多或少知道這裡頭開著賭場，但不進來，因為已經受到了提醒，知道有警局高層在罩。

警察不會在自己轄區內的賭場玩牌或參和，要也是跑到別人的轄區去玩，就像王碩彥也不可能在霖光所的轄區內打牌，所以在這牌桌上，還沒出現過當地的警察。

「里長啊，問你一件事喔。」王碩彥暫時起身，讓位給其他人打牌，他也打了七、八巡了，該換人了：「阿欽你最近有看到嗎？」王碩彥問道。

里長眨眨眼，沒什麼表情：「不是說中樂透，快活得很。」

「那是六合彩，不是樂透。」

「對啦，六合彩。」

「啊他還有在阿三仔那裡出現嗎？」王碩彥問道，阿三仔也是開賭場的，也住在這個轄區裡。

「不知道欸，啊他不是住你那裡？」里長滿頭疑惑，阿欽是王碩彥的線人，跟阿欽最熟的就是王碩彥，怎麼會跑來問他？

王碩彥有口難言，其實他和阿欽之間的關係已經鬧僵了，早有兩、三個月沒聯絡。原因沒別的，正是年初阿欽被其他警察抓進去關時，王碩彥沒幫他，兩人鬧彆扭。

林木森有疑慮的就是這點，但王碩彥還是給了他保證，他自有方法治阿欽。

「你幫我把阿欽找到。」王碩彥對著里長說道：「他再怎麼跑也就這兩三個地方而已，說我有事情找他。」

「你沒他的手機喔？」里長問道。

「早換號碼了，被抓進去那時候換了。」王碩彥回答道：「你說阿鹽仔在找他。」王碩彥提起自己的暱稱：「有好康的。」

里長雙眼眨眨，哪會不知道是怎麼回事：「好啦好啦，再幫你找啦。」

「記得喔，阿欽仔，我們所長急著找。」王碩彥再次強調。

說到這裡，王碩彥就沒有再下場打牌了，輸了多少，贏了多少也不重要，他來這裡就是為了見里長而已。他能找阿欽的時間並不多，雖然表面上看起來不疾不徐，但其實只有三週的時間能搞定這件事。

王碩彥又再坐了一會兒，然後才真正回家休息。

這時已經凌晨兩點了，自此，王碩彥才算是真正下班，他不像其他同事那樣，說下班就是真的下班，能去看電影、能去約會、能去玩；像他這樣子的警察，屬於責任制，有所長叮囑的任務在身，即使下班了，也得去交際應酬，做些見不得光的台面下工作。

對阿欽這條案他是有把握，但也有可能出差錯，整個派出所下個月的毒品績效都看這一筆了，王碩彥的壓力也是挺大的。有時候王碩彥也會羨慕像阿弟仔這樣的菜鳥，他們雖然要跑腿、要被學長欺負，但至少不用承受這些常人無法想像的黑暗事。

※　※　※

王碩彥一睡，就睡到了隔天中午。

今天是禮拜五，警政監休假，不在，王碩彥終於可以睡到自然醒了。他排定的班是早上九點起班，但他昨晚就已經交代了阿弟仔幫他在九點打卡，掩護他的勤務，所以想睡多飽就睡多飽，完全沒有壓力。

他看了看時間，嗯，已經一點多了，肚子餓了，該吃午餐了。

——他完全沒有想到上班的部分。

王碩彥刷牙洗臉、又晃悠了一下，然後才穿起制服，慢慢吞吞的出發上班，騎車前往霖光派出所。途中他買了個便當當午餐，他知道大家已經吃了，也沒有幫他訂。他忘記他這班是什麼勤務，大概是巡邏的樣子，雖然他沒穿制服，都還沒正式進公司，但便當店阿姨還是認出了他。

「鹽仔，怎麼這麼晚才吃？」阿姨朝他揮揮手，將便當菜夾一夾，包起來：「這你的雞腿便當啦。」

「啊就剛起床。」王碩彥懶散回答，並遞出一百塊。

阿姨把錢接走，卻仍抓著他的手，沒有要放開的意思：「聽說你們要調走了捏，啊你也要走了喔？不行啦，你走了我們家阿霞怎麼辦？」

「什麼？調走？」王碩彥連一個字都聽不懂。

這便當店阿姨很喜歡他，覺得他成熟可靠，是個好女婿。這裡已經是霖光所的轄區，阿姨常說自己的女兒阿霞多漂亮又有多漂亮，早就在心裡將阿霞和王碩彥配對起來，拚命送作堆，但王碩彥只在這間便當店見過那個女兒一次，沒有其他接觸。

「誰說我們要調走的？」王碩彥疑惑的是這句話。

「小胖啊。」阿姨提起霖光所另一位警察：「你們派出所不是來一個大警官，大家都受不了，小胖說他要調走，阿豪也說要跟他走。」

喔，原來又是李玉潔呀，看來李玉潔的事情已經傳遍大街小巷了。

「他們可能會調走啦，我不會。」王碩彥說道：「啊我都在這裡這麼久了，吃妳的便當也這麼久了，走不了啦。」

「真的吼？」阿姨聽了心花怒放，又多給王碩彥放了幾樣菜：「害我擔心死了，啊下次來我們家坐呀，每次都說要來，每次都沒來。」

「呵呵，好啦，有空的時候。」王碩彥笑道，拎著便當又敷衍了幾句，便揚長而去。

李玉潔真的讓霖光所變得很難待，這邊嘰嘰歪歪，那邊連服儀都要管，半年過去了，見他絲毫沒有要走的意思，真有不少同仁都打算調走了，離開霖光所。

兩點鐘，王碩彥終於進了派出所，這時距離他真正該上班的九點，已經過了五個小時。王碩彥這班確實是巡邏，他的搭檔不是誰，正巧就是阿弟仔，王碩彥沒在一樓看到阿弟仔，大概自己出去開罰單了，於是他一屁股坐下來，翻開便當就吃起來。

「欸，值班。」王碩彥朝值班台喊道。

「鹽哥，怎了？」一個有原住民血統的男子轉過頭來，名叫阿浩，他並沒有比阿弟仔資深多少，但深邃的臉孔讓他看起來很老。

「今天沒什麼事吧？」王碩彥邊吃邊問，眼光打量著派出所，感覺好像有什麼不對勁。

「哦哦，對啦，早上所長有開會。」

「開會？」王碩彥差點噎到。

林木森特地在早上開會可不是什麼好事情，林木森的處境其實和王碩彥頗類似，今天週五，林木森照理講是不會出現在派出所內的，他會待在家休息，因為李玉潔不在——拜託，他已經服侍警政監大人整整三天了，終於有個空檔能喘口氣了，還來派出所做什麼？

「那所長開會講了什麼？」王碩彥擦擦嘴問道，十分嚴肅。

「哦，其實也沒什麼啦，就是要大家少去開發區那邊走動，那邊在施工，怪手開來開去的，多危險啊。」對方回答道：「還警告我們半夜不要去那邊偷懶，他都知道。」

霖光所在河堤周圍有一大塊待開發的重劃區，政府和建商合作，正在興建大型高檔住宅社區，一整天都有貨車卡車進出，大興土木。那邊沒有監視器，霖光所的同仁偶爾晚上都會開車到那邊休息，躲在車上吹冷氣睡覺，但所長現在明令禁止了此事。

王碩彥還是覺得很莫名其妙，警察偷懶不是一天兩天的事了，這種細微末節的東西，所長特別開會公告做什麼呢？

他再向阿浩問了幾句，問到了更加令人匪夷所思的事情，林木森竟要他們將重劃區附近的巡邏箱都拆掉，而且說拆就拆，以後都不必再去那裡巡邏了，以保護同仁們的安全。

這算哪門子的安全？

王碩彥冷笑，只花了十幾秒鐘，就將這耐人尋味的問題給想通了。

這林木森，怕是收了建商的錢吧？

近幾年，建商十分喜歡利用開發荒地來到傾倒廢棄物，這些廢棄物原先須按照相關法律進行處理，該進處理場的進處理場，該高溫熔毀的高溫熔毀，但以上方法都很昂貴。

因此最實惠，且行之有年的方式就是找塊荒地，將該廢棄物給就地掩埋了。可以掩埋的東西有爐渣、廢瀝青、化學廢料、金屬冶煉的副產品等等，數都數不清，只要不會散發太多惡臭，都能用這種方式處理。

但這麼做是違法的，違反廢棄物處理法，因此想賺這門錢，就得打通地方關節，打通地方派出所和環保局等等單位，甚至要分紅給地方派系，以得到包庇。

若王碩彥想的沒錯，他們轄區的建商除了蓋房子，也順便在偷偷傾倒違法廢棄物，反正只要倒在建案的地基裡，把土堆上去，最後再把房子蓋起來，誰也不會發現。

這門生意可是很好賺的，沒有成本，利潤可達上千萬，近幾年都市計劃興盛，到處都有荒地在開發，到處都有人在違法傾倒廢棄物，建商們可樂得很。

林木森肯定是收了建商的錢，才會禁止同仁在重劃區附近巡邏，甚至連巡邏箱都拆掉了，做得很工夫。王碩彥可以想像，半夜裡那些進進出出，哄哄亂叫的砂石車，有多少是裝正規建材，又有多少是裝違禁品，數都數得出來。

真的是很髒呀，王碩彥搖搖頭，林木森大概是他這輩子見過，最明目張膽、手腳又最不乾淨的人了。收建商那種大條的錢就算了，連地方鄉紳捐給派出所的公款，也成了他的私人小金庫，吃喝拉撒能挪用多少就挪用多少，地下室報廢的電風扇也被他偷拖走了好幾台。

電風扇呀！一台六九九的那種！

王碩彥吃著午餐，一直在派出所鬼混，混到了將近四點才看到他的搭檔阿弟仔回來；即使沒有警政監在，阿弟仔也是乖乖上班，到特定時間才敢返回派出所。

「學長，這些要放在哪裡？」阿弟仔提著一袋東西，看著很髒。王碩彥瞧一眼，都是歷經風霜的巡邏箱，鐵製的，該生鏽的都鏽壞了，也有不少扭曲變形。

「拿去給二樓的內勤。」阿浩說道。

見阿弟仔滿頭大汗的上樓，天氣還炎熱得很呢，王碩彥向阿浩問道：「那些就是林木森交代要拔的巡邏箱？」

「對啊。」

「早上交代的東西，拖到現在喔？」王碩彥抿抿嘴：「還真會欺負學弟，早班該做的事情，敢叫我這班的人來做。」

「哈哈，就剛好早上的人都在忙嘛。」阿浩顧左右而言他。

說到這個，阿浩想起一件有趣的事，便拍拍王碩彥的肩膀說：「欸，鹽哥你昨天不在的時候，瑪爾濟斯說了一件很好笑的事情耶。」

「瑪爾濟斯說笑話？」王碩彥頭一個反應是這個，瑪爾濟斯竟然會說笑話？他納悶，並不關心說了什麼笑話。

「也不算笑話，就林木森的八卦呀。」

「瑪爾濟斯會說八卦？」王碩彥更無法想像那畫面了，李玉潔會說八卦？

「什麼八卦？」他狐疑的抬起眉毛問道。

「就林木森啊，以前不叫林木森，好像叫林茂才還是什麼我忘了，後來有改名。」阿浩自己說著說著就笑歪了，他轉述著當時的狀況，當天下午，李玉潔閒著沒事，跑來指導奶瓶的值班工作，指導著指導著就忽然說起了林木森的往事，後台的同事聽著有趣，都豎起了耳朵，最後因為太有趣，索性都圍了上去。

「瑪爾濟斯在當副科長的時候，林木森還只是個巡官，兩人辦公都在同個樓層。那時候林木森腰桿子就很軟了，見了誰都叫長官，只差沒跪下來，辦事不會，陪泡茶最會，瑪爾濟斯管他叫猥瑣小子，看臉就知道貪生怕死，成不了氣候，跟隻老鼠似的。」阿浩活靈活現的模仿警政監說話時的神色，沒添油加醋，王碩彥也聽得出那是警政監的說話方式。

「巡官在他們那樓特別卑微，畢竟是總局，走到哪都看到一大堆星星，不是科長就是局長。」阿浩指的是他們的警徽：「那一年恰逢裝備大檢查，林木森被喚來喚去，累得跟條狗似的，每天四樓五樓這樣跑，出了不少包，被罵得都懷疑人生了，然後他就真的懷疑人生了。」

「蛤？」王碩彥聽不懂。

「他跑去算命，算命的說他命裡缺木，才會這樣節節不順。」阿浩說道：「所以林木森就改名了，改成這個名字，林，木，森，總共有六棵木頭。」

語畢，阿浩誇張的大笑，將昨天沒笑完的部分再笑一遍。

王碩彥滿頭烏鴉飛過，這是笑話沒錯，但更多的是荒謬。當事情辦不好，屢遭長官責罵時，這人做的第一件事不是去檢討自己的能力，而是跑去改名？

王碩彥老早就覺得奇怪了，林木森，哪有這麼難聽又奇怪的名字？原來是算命仙給他取的。

「不是啊，啊算命的說改名，他就真的改喔？」王碩彥越想越扯：「林木森這人有這麼迷信？你確定不是瑪爾濟斯在瞎掰？」

「瑪爾濟斯這人會瞎掰嗎？」阿浩反問：「就真的改名叫林木森，沒騙你，他原本還想取林森森，但有點太像女生的名字，只好忍痛放棄兩棵木頭，六棵就好，啊哈哈哈哈哈哈！」

「……」王碩彥無言以對。

林森森、林木森，王碩彥真搞不懂這個人呀，他有原則嗎？他的底線在哪裡？彷彿不僅腰桿子軟，連耳根子也特別軟，別人叫他做什麼他就做什麼，一點自己的想法都沒有，連林木森這種名字都取得出來。

所以才會混到現在還只是個所長，要知道，同是警官學校畢業的，這年紀有好多人都已經當上了組長，或進大科室當專員，就林木森還只是個所長。

「從現在開始，他就叫森森森！」阿浩拍桌樂道，他們的所長現在有了新綽號了：「六棵不夠，我們給他九棵！」

「森你妹，你看他辦公室，那些樹還不夠多嗎？」王碩彥跟著調侃所長室裡的發黃盆栽。

「小心被森森森聽到喔。」阿弟仔從樓上下來，順口加入學長們的話題。

「聽到就聽到啊，他不是很缺木嗎？」阿浩不以為然的說道。

「他可能今年就升官了吧。」王碩彥不經意透露。

「咦？真的？」兩人趕緊湊過來：「鹽哥，你哪來的消息？」

「不用消息，他已經蹲點了這麼久，在霖光所待都快兩年了，也該升了。」王碩彥回答道。霖光所編制有快四十人，屬於大單位，大單位的主管除非犯錯，否則不可能再跑到小單位去當主管，因此林木森的下一步肯定是升官，不是進分局當組長，就是進總局的科、室、處當專員。

另外，警察也是講求派系的，他們所在的台北市，目前的警察局局長叫王春暉，是個狠人，五十出頭就在一片血海中殺出，成為堂堂一國首都的警察頭子，除了警政署長，沒人的權力比他還大了。

這王春暉是台南人，當年升遷的時候帶著一群親信和幕僚上來的，林木森誤打誤撞，憑著他上級的福，也跟著糊里糊塗的被帶了上來。

霖光派出所的全名是：台北市政府警察局，大安分局，霖光派出所。

霖光所隸屬於大安分局，林木森的上級也就是霖光所的上級，現任的大安分局分局長，他們整陀人都是純正的王系班底，身分證上都是台南人，效忠於王春暉，和其他派系角逐著在警界的分量，最後誰勝出，誰就能取得警政署長這個最終大位。

所以林木森一定會被提拔的，他血統純正，又這麼巴結，做事再爛，也會被拉上來，畢竟長官只要一個會聽話的人，不要一個不聽話的外人。

只要王春暉在位一天，非王系的人就會永遠被打壓，在台北市得不到正當的升遷，想突破這個窠臼幾乎不可能。至於林木森等等正統王家人，想飛黃騰達也得手腳快一點，警界與政界脫不了干係，每場選舉都有可能使警界風雲變色，說拔掉一個局長就拔掉一個局長。

王春暉這人王碩彥見過好幾次，有時去總局送公文會見到，偶爾，王春暉也會親自到派出所視察。微笑裡藏著猛虎的氣魄，王碩彥是這樣形容他的，王春暉很會笑，不是慈祥的那種笑，也不溫婉，就是在告訴你，他是局長，是你的老闆，是做大事的人，正在笑著聽你講話。雙眼銳利，頭髮染得黑黝黝，王春暉的外貌也沒有瑕疵，和瑪爾濟斯或林木森那種一個老人一個死人的神貌截然不同，王碩彥知道，這人以後會當上警政署長的，肯定。

林木森的名字又讓大夥兒笑了整個下午，然後，吃過晚餐，王碩彥才開始真正要上他警察的班，在此之前，什麼巡邏簽名，都是阿弟仔或其他菜鳥去處理，警政監不在，大夥兒的秩序就是這樣。七點半，王碩彥換掉了制服，穿上一身風衣，向值班告知一聲，然後就出門了。他包包裡帶著槍，這是他的習慣，只要是去見線人，不管雙方有多親，多稱兄道弟，他都會帶槍，十幾年來沒有變過。

他現在就要去見阿欽。

傍晚已過，夜色早就籠罩整片城市，王碩彥透過里長牽線，和阿欽聯絡上了。他們並沒有約在什麼荒野大草原、廢棄工廠等等電影才會出現的場景會面，他們就直接約在便利商店。

「很久沒見啊。」王碩彥說道，和對方並肩站在便利商店前抽菸。

阿欽是個四十歲不到的中年男子，長得很難看，所有毒蟲的特徵都彰顯在他身上。缺牙、髮絲枯黃、雙眼圓突、臉頰長爛瘡痕跡斑斑，張嘴就有股比水溝還難聞一千倍的臭味，那是身體壞掉的人才會出現的味道。

「對啊，很久沒見，誰在躲？」阿欽瞥了王碩彥一眼，不客氣的說道，現在身上有錢了，說話就大聲了，一根腸子通屁股，顯擺得很。

哪天六十萬花完了，又得跪著來向王碩彥要錢花了，頂多就是幾個月後的事吧，他還以為六十萬是多大一筆錢嗎？

「沒人在躲，那時候就講了，你在其他地方被抓了，我保不了。」王碩彥耐著性子，先示弱：「那時候我也幫你問了，看能不能快點送法院，不要在拘留室待那麼久。電話沒接，你就知道你不能打電話給我，還偏要打給我，現在調查局很喜歡監聽你知不知道？哪天被監聽到，別說我有事，你也會有事。」

阿欽不喜歡聽這些，太複雜了，聽得他滿頭暈：「好好好，啊這次你想幹嘛？」

「跟去年一樣，再幫我弄一個出來。」王碩彥說道，他需要一個毒販、一堆毒品和兩個證人。

「還要喔？」阿欽不耐煩的說道，滿臉油光的啐了一口：「你們警察也只會抓我們這些小的啦，真正大的上游怎麼不去抓？就一直抓我們這些替死鬼？」

「大的上游那是刑事警察局負責的，一般由偵搜大隊處理，他們有專門的緝毒小組，上次才抓到一批跨國……」王碩彥故意又開始講阿欽不喜歡聽的，像念經一樣。

「好好好。」阿欽馬上打斷他，果然吃這一套：「什麼時候要？我跟你說，我最近想出國，人家都說日本好，林北還沒去過日本，我可沒那個時間跟你玩這些有的沒的。」

「你錢節儉一點花可以嗎？你真以為六十萬很多喔？」王碩彥按捺不住心裡的話，叨唸道，轉手卻又往阿欽兜裡塞了一包錢，話鋒一轉說道：「加這些，會玩得更開心。」

阿欽掂了掂那包錢，賊笑：「今年預算怎麼變這麼多？」

因為今年要弄死的是你，不給多怎麼讓你上當？王碩彥在心裡想道。

「所以什麼時候要？」阿欽接著問，是同意接下這個案子了。

「越快越好。」王碩彥回答。

「不要跟我講什麼越快越好，你以為那麼好搞？」阿欽又滿臉不屑。

「你打算找誰？」

「還能找誰？去年被你們抓走一堆，現在剩的也不多。」阿欽嘟噥著，指的是毒販：「阿三仔吧，他手上可能有貨。」

「蛤？你要找阿三仔喔？」王碩彥故作驚訝的說道，雖然心裡暗喜，一切都在他劇本的安排上，卻說：「你不是從阿三仔那邊贏錢？你還敢弄他？」

「我就是贏了錢才要弄他。」阿欽無奈的說：「才六十萬而已，他氣得要死，我不弄他，他早晚會弄死我。」

「啊他不會起疑？他知道你跟警察走得很近吧？」王碩彥問道。

「誰不知道？」阿欽翻了個大白眼，覺得因為王碩彥的關係，都沒人要和他做朋友了。事實上，目前他能釣得到的毒販，也只剩下阿三仔而已：「反正我自有辦法啦。」他熄掉菸蒂，丟在地上踩了踩：「到時候我再打給你，阿三仔我還是拐得出來的。」

「記得喔，要三十公克以上。」王碩彥提醒道，這是他第一次這麼明目張膽的提出數字。

「知道啦，三十，哪次不是三十，打棒球喔。」阿欽調侃道，三十公克的毒品，捏起來著實就跟棒球一樣大。

兩人又聊了幾句，然後就地解散，前後時間不超過十分鐘，給錢，交代事情，乾淨俐落，每次都是這樣。

但這次卻出了意外，就在兩人要離開巷子之際，一位不速之客出現了。

不是誰，正是王碩彥最討厭的那個人，李玉潔。

「王碩彥，你在這裡做什麼？」李玉潔劈頭就問道，雖然驚訝，但見到王碩彥，他的第一反應就先橫眉豎目。

真是倒楣透頂了，怎會在這時候偏偏遇到李玉潔？

李玉潔提著一袋東西，像剛吃完飯準備回家，身後站著他太太，但這裡離他們的住處有好幾公里遠，或許是出來購物的。

「你上班時間在這裡做什麼？」李玉潔馬上問道，氣呼呼，王碩彥的班表他可清楚得很：「偷懶？摸魚？鬼混？我現在馬上叫你們所長來！」

王碩彥被這一連串機關槍似的攻擊給嚇住了，但還是立刻反應過來：「我提早下班了，現在沒班。」

「撒謊。」李玉潔瞇起眼睛，對王碩彥可是清楚得很，拿出手機馬上就要播給所長：「我現在就問林木森。」

「好啊，你去問啊。」王碩彥穩住陣腳，他知道林木森會幫他圓謊的，現在的當務之急，是趕緊讓阿欽走人。

阿欽剛剛被李玉潔的大嗓門嚇到了，在便利商店角落站了好一會兒都沒走人，恍神的就在那看著王碩彥和李玉潔的對話。

王碩彥一方面和李玉潔爭論著，一方面偷偷給阿欽比手勢，讓他快走，不料這個舉動竟沒逃過李玉潔的法眼，王碩彥明明只是搓了下手指而已。

「你在跟誰眉來眼去？」李玉潔立刻轉身，看向阿欽。

他剛剛都沒注意到阿欽，只一心要對付王碩彥，現在才發現還有另個人在現場：「你朋友？」李玉潔狐疑的問道。

「啥？不認識啊？」王碩彥皺眉說道。

但這李玉潔好似他肚子裡的蛔蟲似的，馬上確信兩個人是朋友，他立刻問阿欽：「你找王碩彥過來幹嘛？是不是又要幹些偷偷摸摸的勾當？」

阿欽沒有回答，也不跑，心裡不知道在打什麼壞主意，那表情讓王碩彥急了，很不妙。

「不是啊！」王碩彥嚷道：「你隨便找個陌生人就報出我的名字，有沒有禮貌啊？」他絞盡腦汁在想要用什麼方式擺脫自己和阿欽的嫌疑，而不至於越描越黑。

這招成功支開了李玉潔的心思：「你敢說我沒有禮貌？」李玉潔大發雷霆：「你自己上班時間跑來這裡偷懶才應該羞恥吧！」

「那為何當著陌生人的面說我的名字？還去打擾人家？人家跟你很熟嗎？」王碩彥見李玉潔理虧了，更進一步攻擊，心裡想著的，卻是這死阿欽怎還不快走。

「你……」李玉潔霎時不知該如何反應。

然後，王碩彥最擔心的事情發生了，阿欽忽然笑容滿面的走過來，靠著王碩彥，勾起他的手說：「鹽哥，怎麼說我是陌生人呢？也太傷人了吧？」

王碩彥瞬間血脈噴張，他發誓，他只要一天不弄死阿欽，他就一天活不安穩。眼下這狀況，跟去年阿欽故意驗尿驗不過、被抓去關有八分像，阿欽這惡心腸的，就是想惹是生非多撈些好處，渾然無道義可言。

「蛤？」李玉潔腦子打結，一時半刻沒反應過來，但隨著眉毛逐漸皺緊，眼睛睜大，即刻就要發作。

「你他媽這個垃圾，生來就是要搞我的是吧？」王碩彥立刻揪住阿欽的衣領，天大的怒火再也壓抑不住。

「王碩彥你幹嘛！」李玉潔立刻大叫。

但王碩彥沒理他，王碩彥拎著阿欽的後頸肉，疼得他哀哀大叫，接著伸手就往他懷裡摸，捉住了那包厚厚的錢。

「欸，你確定要這樣做？」阿欽立刻將身體縮起來，手也在懷裡捏住那包錢，精明得很，皮肉之痛霎時都不見了：「不用我幫忙了？」

「你先搞我的，垃圾東西。」王碩彥瞪著他，悄聲說道。

「人家開個玩笑而已嘛。」

「開你媽！」

「你們兩個到底在說什麼！」李玉潔氣壞了，不容接受被忽視，在旁邊一跳一炸的：「王碩彥，給我回答！」

「錢給我還來，不需要你了。」王碩彥齜牙咧嘴的對阿欽說，緊緊抓住那包錢，這時只想宰了阿欽。

「我錯了，好不好，我錯了，鹽哥。」阿欽馬上道歉，他原本以為可以撈到什麼好處，但他後悔了。

「給我放手！」王碩彥怒道，他已經改寫了劇本，打算用別的方式處理毒品案還有阿欽。

「求求你，鹽哥大人，我錯了，是我不對。」這阿欽還真不要臉，竟然就這樣跪下來了，並順道甩開了王碩彥的手，將那包錢納入更深的懷裡，再也找不著了。

「你……」王碩彥氣得雙手顫抖。

「我錯了，大人饒命，我錯了。」阿欽站起來，鞠躬哈腰幾次，在王碩彥又要抓住他之前，就一溜煙跑不見了。

天殺的，這下可好了，錢被拿走了，事情還說得不清不楚，這阿欽拿了錢，再加上那六十萬的六合彩，說不準就直接跑路，消失了！

「你敢給我跑路你就死定了！」王碩彥狗急跳牆，也不顧是在光天化日之下，對著阿欽逃跑的方向就嚷道：「我會找到你，扒了你的皮！倘若事情沒辦成，你就死定了！你聽到沒有！」

「王碩彥，你這混蛋小子到底在搞什麼！」李玉潔激動的罵道，他也氣得很，也想參與其中啊，這兩個人竟敢忽視他。

「都是你害的！」王碩彥大罵，終於忍耐不住了，他指著李玉潔的鼻子說道：「你知道你剛剛毀了什麼嗎？你不知道，因為你只是一個天殺的狗官！」

「你講什麼啊你！」李玉潔怒搥了旁邊牆壁一下，卻也被王碩彥的態度給嚇住。

「你知道自從你來之後，整個霖光所變得雞飛狗跳嗎？」王碩彥繼續指著李玉潔，目光兇狠，步步逼近，也不顧人家太太就在旁邊，毫不給李玉潔面子：「一人開一張罰單？每天早晨集合唱警光之歌？你的垃圾意見有多無腦，你自己知道嗎？」

「王碩彥，你膽敢這樣對我說話！」

「我就敢！」王碩彥喊道：「沒事不好好在家過退休生活，你是閒得蛋疼，要出來害別人是不是？整個志工台都是你的盆栽，還真當作是你家了啊？耍官威，你耍夠了嗎？可以放過別人了嗎？」

「……」李玉潔面色漲紅，被說得啞口無言，但依舊憤怒。

「可以了嗎？可以放過別人了嗎？可不可以！」王碩彥氣到了一個極點，衝著李玉潔，罵了一臉口水，一想到阿欽的事，他就氣得無處發洩，竟伸手扯過李玉潔手上的袋子，也不管裡面是什麼，往旁邊就是一撥。

袋子沉重的飛了出去，匡噹一聲，裡面的東西在地上砸個粉碎。

眾人瞪大雙眼，面面相覷，這聲響如當頭棒喝，讓王碩彥清醒過來。他原以為袋子裡裝的只是一些零食或是日常用品，誰知沉甸甸的，竟是一株盆栽。

「王碩彥，你……」李玉潔氣到頭頂發昏，雙腳發軟，口吐白沫：「這棵四十年的落羽松，是我剛剛才用十三萬買的，你……」

他隨時要暈過去，身旁一直默不出聲的太太趕緊扶住他，終於說話了，看著王碩彥說：「你這人怎麼這樣啊，我先生再有什麼錯，有必要動手嗎？」

然後，李玉潔就真的暈過去了，在太太的半扶半攙下跌坐到地上，嘴裡一直迷迷糊糊的喊著「我的落羽松啊」，身體和盆栽的碎片攪在一起。

王碩彥臉色蒼白，知道自己犯大錯了，他趕緊打電話叫救護車，真怕這快七十歲的老警官是鬧真的，會一命嗚呼。

結果救護車還沒來，李玉潔就醒了，王碩彥忘記事情怎麼結束的，反正李玉潔沒有再說任何話，好像失了靈魂一樣，將所有的盆栽碎片收拾回袋子裡，然後就和太太搭上計程車走了，完全，沒有和王碩彥對到視線，也不搭理他。

王碩彥傻住了，現在是什麼情況？好歹也給他一些教訓呀！

他目送計程車離開，知道自己這是完了，這輩子可能都完了。對方即使已經退休、已經和他們打鬧了半年、已經熟到能說出林木森的八卦，但對方是警政監啊！

警政監！警政監！警政監！要強調三次。

王碩彥死定了。

第四章

隔天，週六，警政監依然休假，照理講依舊是風和日麗的一天，但王碩彥一進派出所，就聞到了濃濃的不祥氣息，他知道警政監來過了。

昨晚他失眠了，他想著或許他會接到所長怒氣沖沖的電話，或是分局長的，甚至是督察長的，他們會質問他對警政監做了什麼，然而都沒有，電話沒有響，他就這樣平安的度過了一夜，直到今天上班。

「鹽哥，所長叫你去他辦公室一下。」值班台，奶瓶弱弱的說道，似乎知道發生了什麼事。

王碩彥有氣無力的上樓，哀莫大於心死，他還有阿欽的事情要處理，現在又兜上了這麼一齣，真的無法招架了。

「警政監要告你毀損，還有公然侮辱。」一進所長室，林木森開門見山就講道。

王碩彥不說話，只是默默站著。

林木森坐在辦公桌盯著他，繼續說：「早上他來派出所做筆錄了，那盆樹要價十三萬，還有你罵他『狗官』的事情……」

「大不了我賠給他。」王碩彥打斷他說。

「能賠早就解決了，警政監不要賠償，他就要告你。」林木森說道，比王碩彥想像得還要冷靜，似乎知道了部分的情況：「他還提到你和一個可疑份子鬼混，堅持要寫在筆錄裡，是阿欽嗎？」林木森直截了當問道。

「對。」

「你解釋解釋，昨天到底發生什麼事，來，快點。」林木森急躁的要他坐下：「警政監看到什麼？沒聽到你們談的內容吧？他有說到我？」

王碩彥霎時聽明白了，原來林木森不生氣，是因為他們同在一條船上，林木森才不在乎盆栽被打破，也不在乎得罪了警政監，他在乎的是他們霖光所養了一堆線人的這些骯髒事，要是被警政監給知道了，那才是真正大條的。

雖說養線人是個公開的祕密，但終究是違法的，只要被逮著一點證據，別說被大作文章、升遷之路受阻，要是纏上官司可就麻煩了。

「你放心，警政監什麼都不知道，阿欽啥也沒說。」王碩彥平淡的回答，夾雜一點哀怨：「這兩年來都做得很漂亮，沒有留下任何證據。」

「你確定？那有沒有被錄音？那個阿欽聽說是著名的背骨仔欸。」林木森大汗冒小汗的說。

「沒事，錄音我都有在注意。」王碩彥安撫道：「警政監他也只是想弄死我，才故意在筆錄裡提到阿欽，能把我寫得有多壞就有多壞。」

「那個不重要啦，毀損就毀損，再怎麼告，最後也就賠錢罷了。」林木森急匆匆帶過，不想聽那些，也不關心王碩彥被告，他想問的是：「所以阿欽真的沒問題吼，不會出賣我們？」

「不會，他甚至連你長怎樣都不知道勒。」

「你說的喔，你確定喔。」林木森指著王碩彥，又來那招牌動作，要王碩彥給保證。

「對，我確定你會沒事，大家都會沒事。」王碩彥無奈的說道：「只不過……」

「只不過？」林木森才剛鬆懈的神情又變得緊張起來：「只不過什麼？」

「要靠阿欽搞下個月那件毒品可能行不通了，可能……會生不出來。」王碩彥坦白說道，昨天被警政監那樣一鬧，他已經對阿欽失去了把握。

「啥？」林木森聽到這可不樂意了：「什麼生不出來，那可不行！」

「就因為警政監在那裡胡搞瞎搞，嚇到阿欽了，昨天……」

「你答應過我的。」林木森根本不想聽王碩彥廢話，也不想聽任何細節，他焦慮的站起來轉了兩圈，然後指著王碩彥的鼻子：「五月十三號，『擴大毒品取締專案』……」

「我知道五月十三號擴大毒品取締專案！」王碩彥被激得惱火起來，這傢伙怎麼會如此不通情理。

「王碩彥，你答應過我的，現在就得給我做到！」結果林木森比他更生氣，他拍桌子說：「要是下個月績效沒達成，年底我就不必升官了。阿欽行不通，你換個人也得給我弄出來，一，定，要，弄，出，來！」

「哪像你說得那麼容易啊！」王碩彥反駁：「這條線我養多久你知道嗎？就這樣被一個智障瑪爾濟斯給毀了。」

林木森聽不懂那個綽號，也不想聽，他深呼吸的說道：「我不管，你給我想想辦法，你要錢我給錢，要人我給人，王碩彥，我要績效。」

「……」王碩彥滿腹怒火，他才剛被告欸，才剛和警政監徹底決裂欸，林木森完全不關心，就只想著他自己的仕途。

「你去給我生出來，現在就想，去找林家豪。」林木森提起另一個警察的名字，那也是霖光派出所的台柱：「你們兩個一起把這事解決了，去給我抓個毒販出來，聽到沒有？」

「……」

「我問你聽到沒有？你現在就處理這件事就好，警政監我來幫你打點，週二週三週四你都不用來上班了，和林家豪一起去抓，聽到沒有！」

見林木森要幫他打點警政監，王碩彥的不滿才稍稍減除了一些，算他還有點良心，便臭著臉點點頭：「知道了。」

「五月十三號，『擴大毒品取締專案』……」

「知道了！」王碩彥大聲的打斷他，起身就離開所長室。

嘴裡說知道，但他能有什麼辦法呢？他不會去找林家豪的，每個警察有各自做事的方法和情報來源，幹過什麼骯髒事也只有自己知道，要一起攜手破案？簡直說笑。

他還是只能賭阿欽，賭阿欽拿了錢沒有落跑，會乖乖辦事，他這幾天就先找出阿欽，盯著阿欽吧。

然後，他還有被告的事情要煩惱，因為砸了盆栽所以被告毀損，因為罵了「狗官」所以被告公然侮辱。李玉潔是不會原諒他的，也不會接受任何賠償金，他就是要看他落魄到底。

王碩彥不知是造了什麼孽，今年如此的倒楣，雖說是他自己的錯，但這李玉潔也太小心眼了吧？竟真的走法律途徑，「警察告警察」了？是有多大的仇，才會上演這種自家人鬧內鬨的戲碼？

王碩彥只能自求多福了，現在他連自己該先做什麼事情都還沒整理好，昨天也沒睡好，腦袋一片混亂。

「鹽哥，昨天到底發生什麼事啊？」

「昨天發生什麼事啊？」

「聽說你還推倒瑪爾濟斯？」

王碩彥一下樓，人人都圍上來，想聽八卦，但王碩彥揮揮手，臉色臭得很，將大家都趕走，不想回答這些問題。

他簽名打卡，進槍械室領槍，耳根子才剛清淨一下子，事情又來了。

他聽值班台有人喊他，走出去，就見派出所外停了兩輛黑頭車，四、五個警官走下來，王碩彥沒看清楚階級，也知道那是來找他的，趕緊讓值班通知所長去。

自動門一開，王碩彥看清楚了，三線兩星，是總局的督察長，官位比分局長都還大，其他陪襯的也都是三條線，沒見到有兩條線的小咖。

「王碩彥在嗎？」督察長劈頭就問道。

「又！」王碩彥立刻舉手。

「有事情問你一下，關於昨晚發生的事。」督察長話說得委婉，並沒有太嚴厲，但王碩彥想也知道，就是要問李玉潔的事情。

「好的，督察長這邊請。」王碩彥伸手帶人向後台會客室，其他同仁也趕緊讓值班打電話，通知所長，也要通知分局長。

「昨天是怎麼啦，怎麼突然吵架？」督察長問道，像個朋友般好奇，想了解昨天的狀況。

「喔，沒事，就是和警政監有些衝突，發生一些口角，也不小心有推擠到。」

「聽說還把李警政監的盆栽給弄倒了，那可是他的寶貝。」督察長笑道，拍拍王碩彥的肩膀：「年輕人不要太衝動，話說出口前要三思。」

「是我的不對，一時情緒激動。」王碩彥沉著臉認錯。

「和李警政監平時相處還好嗎？有沒有什麼不融洽的地方？」督察長接著問。

兩人的聊天看似很一般，但每字每句都有三線一星的警官在旁邊記錄著。昨晚的過節，雖然在李玉潔的閃電提告下已經進入司法程序，但警界內部還是得做一些行政調查，看到底發生了什麼事。

督察長掌管風紀事宜，也身兼著類似輔導老師的角色，得調和整個大團隊的運作，讓大家都走在正軌上，沒有什麼偏差行為。

「平時和警政監沒什麼接觸，他都是在所裡當志工，而我們執勤一般都在外面。」王碩彥避重就輕的說道。

「我知道，但平時有過什麼衝突嗎？最近有沒有吵架？」

「吵架當然沒有，我哪敢和警政監吵架。」王碩彥苦笑道。

「如果真的個性不和，我們可以做些調整，稍微調動一下呀。」督察長關心的說道。

幹，調動？不就是要把他調走的意思嗎？

不調他，難道會去調警政監？當然不會，當然是調他們這些無關緊要的小兵。

王碩彥真的是怒火憋在心裡，有口難言，這李玉潔就算是退休警政監，但請搞清楚，他現在的角色只是一名志工！為了一名無理取鬧的志工，要調走正職員警，這還有沒有天理了？

「報告督察長，是職管理不周，導致有這樣的事情發生，真的很抱歉。」這時，林木森出現了，看得出他是用衝的下來，正眼都還沒見到督察長，腰就先彎了下去。

「你是所長嗎？」督察長問道。

「是的，很抱歉。」林木森頭都不敢抬：「昨晚的事給大家造成麻煩了，分局長馬上就到。」

「哎呀，這麼大費周章幹嘛，叫他不用來了。」督察長趕緊揮揮手說：「我今天來，就是想找碩彥而已，要了解一下案情，好看看有沒有什麼幫得上忙的地方。」

「所長，你坐吧。」這時，督察長身旁的警官說道，表情不悅，暗示林木森不要拖時間，打斷他們問事。

所長只得在王碩彥身旁坐下，比王碩彥還如坐針氈。

「那平時警政監和其他人相處如何呢？」督察長接著問，看著王碩彥。

「相處得很好。」林木森搶著回答，可不能讓王碩彥說錯話。

「真的嗎？」督察長繼續看著王碩彥：「但我看過警政監的筆錄，他說你們私底下都很討厭他，還給他取了個很難聽的綽號，叫瑪爾濟斯。」

王碩彥愣住了，林木森則是滿頭問號，他身為派出所所長，竟不曉得有這種事。

「警政監真的很傷心啊，只是沒有說出來而已。」督察長轉而看向林木森：「所長再幫我注意一下好嗎？讓同仁別再喊那個名字了。」

「是⋯⋯」林木森一愣一愣的：「是！是！以後絕對不會，我保證！」

王碩彥突然有股想爆笑的衝動，他雖沒看過李玉潔做的筆錄，但這樣聽起來，李玉潔似乎在筆錄中訴了很多苦，而且，他竟然知道自己被取了瑪爾濟斯的綽號，耳朵是有多利？

原來外表看似呆板的頑固老人，也有這麼細膩的心思，也會因被大家討厭而受傷啊？現在回想起來，王碩彥昨晚確實說了很多過分的話，比起「狗官」，其他形容李玉潔是個累贅、是個拖油瓶的話，才是真正傷他的。

「另外，碩彥再這樣子和警政監相處下去也不是辦法，看他要不要調地，我會簽一個特批給人事室的。」督察長說道。

「蛤？調地？」林木森再次傻住。

他和王碩彥是命運共同體，至少在「擴大毒品取締專案」結束前都是，要是王碩彥走了，誰來幫他？調地？這可不行！林木森在心裡拚命搖著頭。

「好，好的……」林木森無奈的思索著該如何處理這個棘手的問題：「我會再跟分局長商量，看要把他調去哪裡。」

「記得喔，我會等你們的簽呈。」督察長說，苦笑道：「自家兒的事情就自家兒解決，哪有警察告警察的道理，你們罩子放亮點，看要怎麼取得警政監的原諒，讓他撤案。」

語畢，督察長率先起身，一夥大官準備走人。

事情的走向和王碩彥想的是一樣的，說到底，他們還是來興師問罪的，讓王碩彥趕緊去給警政監嗑頭認錯，儘快把事情了結，然後能滾多遠就滾多遠去，不要再繼續惹是生非。

孰不知，惹是生非的是李玉潔本人啊，只要有他當志工的一天，就會有下一個和他鬧翻的人，到時候又要告誰？

督察長剛走，分局長就來了，分局長沒見到督察長，在門口就和林木森吵起來，問他怎麼不留人，兩人吵著吵著就吵上樓了，分局長也沒要見王碩彥的意思。

這分局長和林木森是同鄉人，都是王系的人，做事風格也差不多一模一樣。利用下屬，踩下屬的頭頂往上爬都當喝白開水似的，理所當然。對上司，也沒什麼特別厲害的點，就會拍馬屁。

另外，督察長也是王系的人，全都是王系的人，沒有例外。

整個大白天就這樣亂哄哄的過了，王碩彥跑到樓上去補眠，睡得昏天暗地，睡到將近要下午五點才起來。

這幾乎是他從警以來面臨過最大的危機，和剛畢業那時，不管做什麼都被罵的壓力有得一比。他甚至在夢裡夢到真正的瑪爾濟斯，一頭毛茸茸的神經質小狗在對他狂吠，吵得他是分不清現實與幻境。

五點鐘，派出所開會，照例檢查罰單，檢查那些這週還沒開出一張來的人，即使警政監今天不在，眾人也是乖乖照表操課。王碩彥身處位置中，能感覺到大家對他投以的眼光，有好奇、有欽佩、有同情，好像沒有多少責難。

對於昨晚發生的事，大部分的基層同仁都覺得很爽，王碩彥替他們出了口氣，教訓了那個白毛死老頭。雖然苦果要王碩彥自己承擔，他們依然對這件事表達肯定。

王碩彥懶得聽他們說什麼，都是一群庸庸碌碌之人，這派出所除了菜鳥以外，有百分之八十的人都是多餘的，他們只會混吃等死，閒話家常，做不了正事。霖光所真正有用的人，真正交得出上頭所需要的績效的人，只有不到五位，包含所長也屬於庸庸碌碌份子之一。

林木森修改了王碩彥的班表，讓他週二週三週四改成大夜班，從此避開與警政監接觸的機會。這意味著王碩彥要開始調整作息，慢慢轉變為白天睡覺，晚上上班的生活了。

然後，在王碩彥即將下班之際，有件奇怪的事情發生了，突然來了一位西裝筆挺的人，說要認領手機。

當時王碩彥正在後台看電視，準備下班，值班人員剛好又是奶瓶，奶瓶知道他之前有撿到一支手機，便呼喚他前來。

王碩彥第一眼見到西裝男，便有種微妙的感覺，知道他不是普通人。對方的衣著一塵不染，領帶、鈕釦、皮帶，從頭到腳都沒有瑕疵，連油頭的稜角都精心設計。

王碩彥看不懂名牌，但他知道對方是有錢人，雖然穿得像業務員或秘書，但年紀輕輕就氣宇非凡。

「鹽哥，這民眾掉手機了，你看看是不是你前幾天撿到那支。」奶瓶過來解釋，並要西裝男坐下，但對方死活不坐，只是盯著王碩彥的走向。

「哦，還好我還沒送件。」王碩彥說道，好險他沒開案，他就說吧，一定會有人來認領的：「你來看看是不是這個？」他對西裝男說。

誰知他一打開抽屜，翻出那支破碎的手機，對方只看了一眼就敬而遠之，露出聞到臭東西的表情，彷彿在說，這種低級手機怎麼可能是我的。

「不是你的嗎？」王碩彥問道，有點不爽。

對方搖頭，也不太說話。

「那請我們小妹幫你找找。」王碩彥說，並叮囑奶瓶：「翻一下拾得物冊子，看他什麼時候弄掉的。」

「等等。」然而西裝男卻不讓他走，他欲言又止，嚴肅的盯著他看：「是你受理的。」

「蛤？」王碩彥皺眉：「你怎麼知道是我？」

西裝男搖頭，只是很執著的說：「那支手機是你受理的，請幫我找出來。」

現在的情況有點莫名其妙了，派出所每天都有人撿手機來，並且會開案、會記錄在公文冊裡，只要翻冊子，就能知道手機是哪位警員受理的。王碩彥雖然沒有開案，但也有記錄在冊，方便尋找。

根據奶瓶的悄悄話，這西裝男一進門就說要找王碩彥，也沒讓人翻冊子，就篤定是王碩彥受理的手機。這就奇怪的，一般只有撿進門的民眾才知道是哪位警察受理的，他是失主，是弄丟手機的人，怎麼會知道手機的去向？拾得人跟失主是不一樣的，是相反的兩方。

「我們認識嗎？」王碩彥納悶的問道。

「不認識。」西裝男搖頭，認定手機在王碩彥手上，將他拉到旁邊就說：「一支金色的IPHONE，第十代，特製手機殼，再麻煩你找一下，我明天再過來。」

「等等，啊你怎麼知道是我受理的？」王碩彥還是疑惑。

「查出來的。」西裝男開始不耐煩，裝啞巴的嘴也開始多話了：「那支手機很貴，幫我找出來，會給你一筆可觀報酬，務必找出來，務必。」

說完對方就塞給他一張名片，王碩彥看都還來不及看，對方就打算離開。他似乎很不願踏入派出所，於是和王碩彥的距離一拉開，又變得安靜無比了。

「明天下午四點，我會再過來。」對方盯著王碩彥說道。命令的語氣。

然後他就離開了，留下王碩彥在原地凌亂。

「現在是怎樣？」王碩彥攤手疑惑，向奶瓶抱怨：「他一開始進來有說什麼嗎？到底是誰啊？」

「不知道啊，他一進來就說要找王碩彥拿手機，所以我就叫你了。」奶瓶天真的說道。

王碩彥拉開抽屜又看了一眼那支破手機，心有所思。他知道這手機不是那西裝男的，那西裝男不是個簡單人物，既又神祕又詭異，威脅感很重。

王碩彥決定到他樓上的祕密小倉庫看看，順便把破手機帶上去，歸檔入庫，反正也不會有人來認領了。

「金色的IPHONE10？」王碩彥自言自語，打開公務櫃就開始翻找。

他找過一區又一區，翻過各式各樣的手機，就是沒看到有什麼IPHONE10。找到最後他煩了，是多久以前弄丟的啊？搞不好已經超過兩年了勒！

超過兩年的手機，已經在前幾天被他扔進水溝和河裡了，來不及了，呵呵，來晚了一步。

王碩彥索性就不找了，明天敷衍敷衍得了，他沒開案，這沒證沒據的，他說沒手機就是沒手機，對方也拿他沒辦法。

但王碩彥又看了一下抽屜，有件事必須處理一下。

在他抽屜的最底區有幾包毒品，都是安非他命，總重量還不輕，是去年抓毒的時候多出來的，王碩彥就留著，偶爾能湊湊數發揮功效。但鑑於他現在正在風火頭上，不僅李玉潔要搞他，督察長也盯著他要把他調走，放著這些違禁品不太安全，他還是不要冒險，把東西處理掉好了。

當晚，王碩彥就將毒品給扔掉了，扔的地方相同，在他家附近，是同一條水溝蓋。他其實捨不得那些東西，否則大可以沖馬桶沖掉，扔在水溝蓋，至少某天迫不得已需要時，還救得回來。

王碩彥住在河堤邊，但這條水溝長期沒水，東西不會不見，周遭又沒有監視器，是絕佳的藏匿處所。

王碩彥所住的這裡已經不是霖光所的轄區，甚至也不是大安分局的轄區，比起大安區，它已經離市區正中心有一段距離，所以租金稍微便宜一些。

在這一區有三大勢力，分別是有兩個議員兒子的里長，就上次在他家打牌那位，還有做殯葬業的阿三仔，以及另一個地方角頭。

里長和阿三仔都開賭場，但阿三仔更複雜一些，他也有販毒，台面上的主業卻是殯葬業。里長就稍微單純了，但里長的事業更大，靠著那兩個議員兒子，賺的都是不能說的大錢，開賭場也只是開好玩的而已。

第三位地方角頭，王碩彥不熟，但總的來說，這轄區比他們大安更複雜，更亂，分局長的心也更大，能容忍這麼多勢力存在，怕也是個收錢收到不怕死的傢伙。

王碩彥沉浸在官場警界的這些事中，內心彷彿演起了電影，此時背後卻有人喊他：

「王碩彥，你這時間又在這裡做什麼！」

王碩彥嚇得跳起來，熟悉的聲音，還能是誰？

他轉過頭，正是李玉潔，他真的有一天得親手掐死這個老頭，親手！

「那你又在這裡做什麼？」王碩彥生氣的問道，然後逼著自己緩和下來：「親愛的警政監？」

「我和我太太來這裡散步。」李玉潔回答道。

皎潔的月光將大河堤的影子拉到另一側去，李玉潔站在巷口，雙手揹在後面，瞧著打量著王碩彥，清晰的月光能照出他臉上的皺摺和嘴角的線條。

他太太確實站在他後邊，滿臉的不自在與不自然，畢竟他們前幾天才發生過那些不愉快，而且還即將對簿公堂。

王碩彥想過無數狀況，遇到李玉潔時該怎麼說話，要怎麼道歉？是否要道歉？要提到賠錢嗎？林木森已經同意幫他賠了，接著要如何請求李玉潔撤告？

但沒想到，卻是在這種狀態下遇到他。

「這麼悠閒，飯後散步……」王碩彥生硬的說道，不知該如何起頭。

「你又幹了什麼好事，上班時間跑來這裡？」李玉潔抿著嘴問道。

「我已經下班了，確確實實。」王碩彥沒好氣的說道：「我接著要改深夜班了，避開警政監您。」他也懶得裝了，心裡有什麼話就直接說出口吧：「弄破你的盆栽我很抱歉，我會賠給你，但你有必要去告我嗎？我又不是故意的。」

「你那樣叫不是故意？」李玉潔馬上翻臉：「我就是要讓你被判刑，然後送公懲會（公務員懲戒委員會），怎樣？我高興。」

「你高興好啊，很好，很棒。」王碩彥壓抑著怒氣，這每天活得樂悠悠的警官，永遠不會知道他那天破壞了什麼好事：「看著一個派出所的台柱被送公懲會，你很爽是吧？」

「你這算哪門子的台柱！」李玉潔怒道，語氣卻開始式微了，他知道王碩彥確實是霖光所的重量級人物，李玉潔自己說的話大家只會表面奉承，左耳進右耳出，但王碩彥說的話，基層員警卻都會照做。

「督察長要把我調走了，你不必再看到我了，霖光所也準備去死了。」王碩彥樂得說道，朝李玉潔扮鬼臉：「你最好祈禱調過來接替我的人，有和我一樣的本事，不然所長會恨死你的。」

「你……你有什麼本事？我看你整天就遊手好閒！」李玉潔生氣，話開始結巴，沒講重點，只是胡言亂語。他最承受不住的就是這種情緒勒索，再怎麼機車的人也會希望自己被大家喜歡，李玉潔為人敏感，要是整間派出所都討厭他，連所長都恨他，那他日子會過不下去的，他可是堂堂警政監呀！

「隨便啊，反正我都要被告了，要被調走了，說不定還會被關勒，呵呵。」王碩彥真心無力，揮揮手就準備離開。

「王碩彥，你給我站住，我話還沒說完！」李玉潔朝他吼道。

「再見。」

「我叫你站住，我命令你站住，不然我就把你調到山上去！」

「去就去啊，去山上摘水果多好。」王碩彥跨上機車，戴上安全帽。

「王碩彥！」李玉潔朝他背影咆哮道：「你敢慫恿其他人說我的壞話，我跟你沒完沒了，是你的錯！是你摔壞我的盆栽！王碩彥，不要想顛倒是非！是你的錯！」

王碩彥漸行漸遠，李玉潔的罵聲已經聽不見了。

他今天想睡個好覺。

第五章

王碩彥休假了兩天，然後開始上他的深夜勤。

所謂的深夜勤，在王碩彥所在的派出所，是晚上六點上班到明天早上六點，六點才能下班睡覺，日夜顛倒的意思。

王碩彥其實喜歡深夜勤，晚上總沒什麼事情，他可以看電視、吃宵夜、溜到樓上宿舍睡覺，反正大半夜的，沒人，唯一會煩人的警政監也不在。

所長雖然刻意將他的班和警政監的時間排開了，但警政監九點才下班，王碩彥六點就上班，兩個人還是會有三小時的重疊時間。

鑑於上週在河堤又發生的不愉快，王碩彥原以為警政監會對他發難，沒想到警政監今天心情特別好，笑瞇瞇的，引導民眾上廁所都熱心的引導到廁所門口，無微不至。

「見鬼了，這瑪爾濟斯是怎麼回事？」王碩彥悄聲問向今日的值班人員：「阿浩，你這輩子有見過他笑？」

「沒有欸。」阿浩猛搖著頭：「他今天一直笑欸，嚇死我們了，不曉得是不是中了樂透。」

李玉潔帶民眾上廁所後又回到了志工台，這才假裝剛見到王碩彥，對他微微一笑。這一笑把王碩彥的腸子都嚇涼了，這邪門的老傢伙又在打什麼壞主意了？

「說不定人家跟法官有熟，打算用『狗官』那兩個字，把你弄進去關，不得易科罰金。」阿浩在旁邊瞎起鬨。

「呸呸呸，講什麼鬼話，案子都還沒進法院勒！」王碩彥立刻怒捶他，這回他是真的怕了，阿浩的話是有可能發生的，砸人盆栽、罵人難聽話，一般而言百分之九十九都只要罰錢就好，但誰知這天殺的警政監是不是真的串通了法官，要給他教訓。

王碩彥可不想被關啊，真的，他不過就是嘴賤罵了幾句而已呀！

「所長說開會。」這時傳來通報：「臨時開會，各位同仁趕緊上二樓。」

霖光所的每日常會一般都是在傍晚五點開，今天王碩彥六點才上班，沒開到會，但現在七點多，又要再開一次會，是有什麼重要的事情要宣布嗎？

眾人七嘴八舌的上樓，沒關心開會的事，大家都在討論瑪爾濟斯今天為何這麼開心。

「快點坐好。」一到二樓，眾人就看到所長在最前頭焦慮的站著，一下子搔癢，一下子滑手機，神色慌張。

只有副所長依然不動如山，面無表情的坐在椅子上，手上拿著同仁名單，盯著細看，日復一日，當著所長專屬的讀稿機，未曾變過。

「陳達任。」副所長點名。
「又！」
「陳立凱。」
「又！」
「王碩彥。」
「到！」王碩彥喊了聲，坐在最後一排。
點名很快就點完了，林木森擠到副所長旁邊，拿走他手上的名單，看今天到場的有誰，劈頭就說：「我叫你們減少去重劃區巡邏的事情，當作沒發生過，聽到沒有？」
眾人沒回答。
「我說叫你們恢復日常的巡邏，重劃區那邊工地危險也要三不五時去看看，聽到沒有！」林木森不耐煩的重複道。
「所長問話你們都沒在回啊！」副所長見勢立刻拍桌，並率先表示遵命，他可是所長的應聲筒。
「好……」
「遵命。」
「好，所長。」眾人趕緊附和。
事情是這樣子的，林木森先前曾叫他們不要接近建案工地，也把巡邏箱都拆掉了，美其名是怕同仁接近工地危險，但背地裡的原因，耐人尋味。

現在林木森又反悔不認帳了，還把大家召集起來，要大家忘記他有說過那些話，該巡邏的巡邏，該簽表的簽表，他可從來沒有說過要大家不要接近工地唷，從來沒有！

原來所謂的緊急會議就是要說這些呀？嗯，確實是挺緊急的，看來賄賂林木森的那個建商爆掉了，林木森隨時有可能因為收賄出事，所以得馬上做緊急處置。

王碩彥又問了一下，才知道林木森在發現問題後的二十分鐘內，約六點多鐘，就火速叫人把巡邏箱都釘回原處去了，並作假了這些日子以來沒簽到的巡邏表，真是比狐狸還狡詐，比兔子還機伶。

「沒到的同仁，有遇到就跟他們說一下。」林木森強調，兩手撐在桌上，瞪著眾人：「我從來沒叫各位不要去重劃區，不要給我亂講話，聽到沒有？」

「解散！」

就這樣，緊急會議結束，僅一個重點：大家知道林木森有麻煩了。

王碩彥起頭的前兩個班就是巡邏，他一時興起，帶著他這班的搭檔，奶瓶，兩人決定這就去重劃區那裡繞繞，看看都蓋了些什麼好大樓。

近幾年都市更新計劃推動迅速，到處都有重劃區，霖光所的轄區也不例外，蓋起來了三、四座大建案。

有一棟帶噴水池及花園的豪宅已經蓋一半了，看不見鋼骨及地基，但其他的都還在起頭而已，這階段讓建商們有很多操作空間，想往地底倒什麼就倒什麼，甚至有更不肖的業者，會把廢料直接塞進牆壁間隙裡，再灌水泥掩蓋。

王碩彥帶著奶瓶，只騎了十分鐘就到了重劃區，這裡是一塊以小公園為中心的社區，鬧中取靜，外有百貨公司和商店影城，裡頭卻靜悄悄的，舒適宜人。

王碩彥繞了一圈，覺得住這裡挺不錯的，空氣好，交通便利，位在大安區精華地帶，鄰近又有許多小學、中學，萬事俱備，就只差個兩、三億而已，不然他就可以住在這裡了。

王碩彥帶著奶瓶，找到了兩個巡邏箱，在上面簽名。他很久沒有像這樣認真工作了，一般他都會跑去睡覺休息，讓學弟學妹來巡邏簽名。

「鹽哥，所長今天怎麼突然說那些話呀？」奶瓶忽然問道，抱著她的水壺，靠在牆邊滿臉好奇。

「什麼話？」王碩彥裝傻，他才不相信奶瓶不知道，又在裝無辜。

「開會那些話呀。」

「大概是夜路走太多，碰到鬼了吧？」王碩彥竊笑：「猜猜這裡房子都是誰的？」

「誰的？」奶瓶抬頭瞧了一眼那燙金色的匾額：「翁泰建設？」

「嗯，這塊重劃區幾乎全部的建案都是他的，他或許排不上富豪榜前十，但台北市的建設公司，就他家的最大。」王碩彥回答道。

翁泰建設的負責人就叫翁泰，這人很厲害，光蓋房子，不涉及其他產業，就賺了數百億。重點是，他的政商關係良好，八面玲瓏，和許多大官政要都是朋友。

就說警界好了，這位富商為人誠懇巴結，只要是台北、新北，每有新任的分局長上台，他都會親自到訪祝賀。而這也無可厚非，畢竟他的建案遍布雙北每個警政轄區，近如大安，遠至淡水，都有他的項目，所以交關一下也在所難免。

至於所謂的交關是交關到什麼程度，王碩彥就很難說了，他沒見過翁泰這人，也能感覺到他的細膩，就連林木森這種小咖都分得到湯喝，你就知道這人不只大案要做，小案子也要緊攬在手中，什麼錢都要賺，一毛都不讓給別人。

這回翁泰，或者說翁泰集團不知道出了什麼事，能讓林木森如此著急，馬上撇清關係。但人家是堂堂一個大公司董事長，是能給你一個小小的所長帶來什麼麻煩呢？

王碩彥心想，大概是被檢舉了吧，可能有內行人去檢舉林木森包庇翁泰的工地，才讓林木森趕緊把事情收拾收拾。

「欸，學長。」這時，奶瓶忽然喚道，她盯著手機，臉色不太對：「翁泰死了欸。」

「蛤？」

「你說的那個大老闆翁泰，車禍死掉了。」奶瓶抬起頭說道。

王碩彥愣住，怎麼會這樣？

比起難過，更多的是驚訝與感慨，雖然他跟這個翁泰不認識，但好端端一個生活幸福的人就這樣死了，任誰都會覺得不自在。

王碩彥馬上打開手機，搜尋翁泰，果然看到一堆新聞。是前幾天發生的意外，翁泰乘坐的轎車被一輛廂型車高速撞上，在台北街頭翻覆，車身扭曲變形，翁泰與司機當場死亡，死狀不是很好看。

這事情算是大事情，因為翁泰也是個小有名氣的人物，但畢竟與王碩彥無關，所以王碩彥並不知道他的死訊。而且王碩彥這幾天休假，又在想警政監和阿欽的事，根本沒有看新聞。現在他才知道，那麼有錢的富商，竟然就這樣出車禍死了。

「真是生死有命啊。」王碩彥不禁嘆氣，看著眼前宏偉的高樓大廈：「蓋了這麼多豪宅，自己卻沒能住得了多久。」

王碩彥見奶瓶沒答話，便往她的手機看去，然後發現了更多的新聞。

這下兩人都直盯著自己的手機看了，目光專注，神情凝重，氣氛僵持。

在翁泰的車禍現場中，警方搜出了一本筆記本，原要列為遺物發還給家人，但定睛一看，才發現這本筆記本不簡單，上面記載了翁泰從商這二十年來，所賄賂的大大小小政府官員。

翁泰為人仔細，他在幾年幾月幾號、為了什麼事情、到什麼地址拜訪誰、請託了什麼目的、交付了多少金額，都在筆記本上記錄得清清楚楚。

筆記本上的名字更令人怵目驚心，有前大法官、法務部次長、現任檢察官、現任檢察長、高等法院法官、法院庭長、調查局處長、調查官、議員、立法委員、都發局、經建部，無一倖免，當然還有警界的人員，小的就不提了，大尾的，赫見前刑事警察局局長、直轄市警察局局長，名列其中。

這本筆記本引發軒然大波，貪汙賄賂無所遁形，金額由數千萬現金到數萬元的金飾珠寶、西裝禮服都見得到，司法、檢調、警察、市政系統全面淪陷。包庇的內容包括請法官做出輕罪判決、請警方放水違法事項、請檢察官做不起訴處分、不正當申請建照、不正當獲取標案等等。

筆記本厚約十公分，記述簡單明瞭，字不會太多。二十年來，翁泰總是隨身帶著它，連家人都不知道有這本冊子存在，直到車禍發生。

意外當下，處理車禍的警員就發現了這本驚人的筆記本，現場的記者們也都拍到了它的存在，因此本子馬上被扣押入庫。但直到今天，也就是此時此刻的稍早一些，今日下午三點多左右，才由台北地檢署發佈記者會，公開一部分的內容，也就是上面所提到的事項。

一顆炸彈就這樣爆炸了，什麼李〇〇、王〇〇，上面的名字寫得清清楚楚，都是赫赫有名的大官，且大部分皆還在職。霎時間輿論譁然、群情激憤，要求撤查腐敗的司法體系。

政壇動盪，新聞稿發佈不到一個小時，府院高層就被逼出來了，總統震怒，親自說明，將撤查這起案件，給國人一個交代。

但重點是，誰來撤查？

「司法院、調查局、法務部都淪陷了，還有誰能查這個案件？」王碩彥看到這裡，不禁摸了把額頭的汗，和奶瓶面面相覷：「找不到公平的人，也沒有正義的人了。」

王碩彥真的連手心都流汗了，他知道這國家有許多貪汙腐敗之處，卻不知竟如此張狂、隨處可見。連大法官這種到達榮譽顛峰的人，也會因為錢財而失去節操，真是駭然。

「新聞說這個案件是動搖國本，媒體按照筆記本的厚度來數，涉案的政府人員至少有兩百位，要是辦下去，連司法院長、前法務部部長都會自身不保。」奶瓶語重心長的讀著報導：「沒有人能公正的辦這個案件，不知道府院最後會推出誰來偵辦，但不管推誰，人民都不信任了。」

「筆記本還活著就很神奇了。」王碩彥苦笑道：「竟然沒有在車禍當下就『被消失』，那個員警也真厲害，能讓筆記本活著入證物庫。」

「可能大官們沒想到會有這樣一本書吧，像日記一樣，某年某月去哪裡喝花酒都記得一清二楚。」奶瓶說道，繼續讀著報導：「而且媒體也都拍到它了，要是誰敢毀滅證據，人民會憤怒的。」

兩人繼續看手機新聞，沒有要停下來的意思，只想知道媒體又提到了誰，筆記本裡有哪位警官，是不是他們某次聽訓時見到的科長，又或者是哪個道貌岸然大局長。

然後，王碩彥看到了，王春暉。

王春暉，他們的局長也名列其中，日記裡，那年他還在台南當組長，翁泰招待他上知名的酒店去談事情，讓他不要去稽查翁泰剛蓋好的樓，並給了三十萬的「公關費」。

這麼的露骨，這麼的清楚，上哪兒去、要求做什麼、給了多少錢都寫得明明白白，王碩彥不知媒體是哪來的鏡頭捕捉到的，但，這真是給他心裡重重一擊！

原來那位像獅子一樣的局長，竟也拿了錢呀，也是手腳不乾淨！

王碩彥胃部一陣翻攪，五味雜陳，這下王春暉派系的人馬也出事了，想必現在局長室亂成一團，王春暉本人也是焦慮萬分、茶飯不思吧？

然後，火理所當然也燒到了林木森身上，王碩彥不必想，光憑他現在身後所靠著的，翁泰建設的豪宅，就知道林木森大概收了多少錢。只不過林木森是小咖中的小咖，名字不會出現在筆記本裡，他只能喝流下來的湯而已。

名字不在筆記本，也不代表能全身而退，王春暉只要出事，只要倒台，王系的人馬一個都跑不掉，林木森不會被放過。

「……」想到這，王碩彥趕緊回想自己這兩年來和林木森的種種，有沒有碰過什麼不該碰的錢，或留下什麼證據。

他想了半天，確定沒有，他是個聰明的人，而且謹慎小心。要想賄賂他，沒有個五千萬他才不要，而誰會給一個基層警員五千萬？

你或許會問，他和阿欽那些狗屁倒灶的金錢交流、以及上違法的賭場打牌，難道都不算個事嗎？

在王碩彥的觀念裡，還真的不是，他給阿欽的錢是派出所轉交的，有時候他自己也會墊一點，但那是「付」出去的，不是「收」進來的，所以不符合貪汙的規則；如果是阿欽「付錢」讓他們放他走，那才會出事。

上賭場打牌，也只是違反社會秩序維護法而已，對王碩彥來說那連罪都不是，就鬧著玩的法律罷了，誰家平時沒事不打打麻將呢？而這次被筆記本捲入的，全涉及了「貪汙治罪條例」等等重罪，要關都是五年、十年起跳。

貪汙的界線在哪裡，王碩彥拿捏得很清楚，像拾得物，他全部都拿去丟掉，沒有一件自己霸佔過；偷偷扣留的毒品也是，他不會傻到拿去賣，或是放到自己家，他會放公司，或拿去丟掉。

事情就這麼簡單，卻也不簡單，警察終身都遊走在法律邊緣，只有夠資深，才能識別出灰色地帶。

「走吧。」過了約莫一個小時，王碩彥喊道，兩人終於把這齣劇的序曲看完了。

翁泰集團負責人意外逝世，驚傳外流一本祕密日記，牽扯出本世紀以來最大宗司法賄賂醜聞——若要下標題，王碩彥就這樣下標題。

王碩彥帶著奶瓶，又在重劃區晃了幾圈，然後才打算回派出所。

他不知道派出所接下來會變得怎樣，分局會變得怎樣，整個警界會變得怎樣，但他很慶幸那些都不關他的事，不關他們基層警員的事情。

基層警員只是棋子，不會升遷，沒有派系，即使王春暉倒台，也跟他們沒有半碼子關係，換個人來，他們一樣該上班的上班去，該休假的休假去，誰也不會因為做得棒，就變成所長。

※ ※ ※

八點多，王碩彥帶著奶瓶回到派出所，準備交接班。

李玉潔還在志工台，王碩彥發現他桌上的盆栽變得很少，只剩下他最寶貝的那株小樹，放在腳底下。王碩彥起初還沒意識到這是什麼意思，直到他想起，吵架鬧翻那天他批評過李玉潔，說他桌子盆栽太多，簡直當自己家一樣隨便，沒教養——原來李玉潔這是反省了，竟然收盆栽了！

警政監也是會被怕說話的呀？

「王碩彥，你什麼班啊？」李玉潔看到了王碩彥，並問道。

熟悉的聲音，熟悉的字眼，卻是不一樣的語氣。

王碩彥愣住了，李玉潔叫他的方式平淡中帶著溫柔和藹，沒有平時的兇，也沒有平時的罵，好似爺爺在關心孫子：親愛的，現在在上什麼班呀？

所有的同事立刻轉過頭來，盯著王碩彥和李玉潔看，不明所以。

王碩彥本人也不清楚現在是怎樣，只能支支吾吾的唯諾道：「巡、巡邏。」

「多穿點衣服啊，別著涼了。」李玉潔微笑道，眼睛都變成圓的。

幹，現在是怎樣？

王碩彥起雞皮疙瘩，附和了一聲，就走進了槍械室，好似吃了條大蟲般噁心。

「鹽哥，你們和好了啊？」

「瑪爾濟斯竟然叫你多穿衣服欸？」

「我第一次看他那樣笑欸！」眾人立刻圍上來悄聲問道。

王碩彥真的不知道發生什麼事呀！放假前他是有在自家附近又遇到李玉潔和他太太，但那時候他們並沒有聊什麼呀，對簿公堂的事依舊無解，那天依舊以吵架告終，但怎麼今天就變了一個人，聖誕老人來發糖果了？

嚴格算來，這是「狗官」事件後第一次，王碩彥正式在派出所面對李玉潔，怎麼李玉潔馬上示軟了，當起好人了？

難道是督察長跟他提點了什麼？或是他不想讓督察長把王碩彥調走？或是又有更重量級的人當起和事佬？

但即使要和事，也該是心不甘情不願的接受王碩彥的賠償然後撤告吧，怎麼會像這樣笑容滿面？

王碩彥實在毫無頭緒。

「槍要領好唷。」走出槍械室，李玉潔又來了，笑看著王碩彥提醒。

「是……警政監。」王碩彥真的雞皮疙瘩掉滿地。

「我不在的時候也要好好上班唷。」

「遵命，警政監。」

「累的時候就休息一樣，按按手這個穴道，會輕鬆很多的。」他伸手示範，親切可人。

「好的。」王碩彥緊跟著做。

「那我走囉，你要好好加油唷。」

「是的，警政監。」

「掰掰。」李玉潔揮手。

「掰掰，警政監。」王碩彥跟著揮。

其他人早已走得跟飛似的，一哄而散，好像見了魔鬼一樣，只有王碩彥繼續硬撐著和笑瞇瞇的李玉潔講話，直到他離開。

「幹，他是中邪了是不是？」阿浩立刻過來開第一槍，雙眼睜大，模仿李玉潔的語氣：「要好好休息唷，掰掰唷，天冷要穿衣服唷，愛你唷。」

「沒有後面那一句！」王碩彥白眼。

「他到底是怎樣啊？」阿弟仔也過來湊熱鬧，既害怕又好奇：「是不是要對學長你出手了？又要請更大的官來處理你？」

「對呀，嚇死人了，突然變了一個人！」

「唉唷，人家警政監說不定只是良心發現呀。」奶瓶走過來說道：「覺得以前太嚴厲了，現在要對部下好一點。」

「我說奶瓶妳就是太天真了，他那樣子哪裡看起來像良心發現？」阿浩立刻吐槽：「我看是暴風雨前的寧靜吧，鹽哥你完了，瑪爾濟斯要來真的了。」

「真的什麼啦？」阿弟仔十分著急：「不是已經提告了嗎？還有更糟糕的嗎？」

「好了好了，你們不要再問我了，我真的不知道！」王碩彥聽了都煩了，他趕緊從人群中脫身。

到底是什麼原因讓李玉潔變了個人？他在打什麼鬼主意？

真的和督察長有關嗎？督察長那麼好心，幫他們疏導糾紛？

還是林木森介入的結果？不，林木森那個無能的人，和李玉潔說話三句離不開巴結，根本不可能幫得了什麼忙！

王碩彥腦子打結，卻忽然靈光乍現，浮出一個念頭——該不會，和翁泰建設有關吧？

翁泰建設出事了，爆炸了，現在警界人人自危，該不會李玉潔也身陷其中，手腳也不乾淨，收了黑錢，所以現在那是一個心虛，能不得罪人就不得罪人？

王碩彥話不多說，立刻拿手機出來查，一屁股坐到沙發上，巡邏班也不上了。反正現在警政監不在，所長不在，分局長、督察長不會來，其他督導人員也不會來；因為翁泰建設的事情，大夥兒都忙著呢，現在警界正處於無政府狀態，沒人管事了。

王碩彥查著查著，輸入「李玉潔」三個字，想查出點新聞結果，卻啥也沒有，富翁的名單上沒有他的名字。接著不知是誰打開了電視，播的不是什麼，正是翁泰建設的醜聞，現在全國上下正沸沸揚揚的討論著呢。

派出所大部分的人也都知道這起案件了，霎時都盯著電視或手機，陷入某種氛圍之中。上頭的警官出包，他們底下的基層也好不了多少，來一次「風紀大整肅」，可能就要被隨意的調動，離開原轄區，調來調去以平息眾怒。

「翁泰建設負責人意外逝世，死亡筆記本顯現江湖，有可能牽動三百名以上的公家機關高層……」新聞畫面上的主播正念著稿，播報該案的最新動態，並將那份名單形容是死亡筆記本。

確實是的，名字在上面的人，跑也跑不掉。

「哇，洪〇〇，不是之前判誰死刑那個嗎？原來他也有收錢喔。」阿浩說道，對這名字有印象：「他都快當院長了欸。」

「現任高等法院院長都喝花酒了，他算哪根蔥？」其他人吐槽。

「還有我們王春暉欸。」終於有人提到這個關鍵字，令王碩彥停了一下，眼光瞄過去：「在台南的時候收了三十萬，不知道幹什麼去了。」

「三十萬，那麼少！」

「因為當時只是組長呀。」

「陳〇〇，不是刑事局副局長嗎，他也有？」另一人問道，很快岔開話題。

「超噁的，這些人，平時要績效都跟什麼一樣，現在才被捅出來。」

「作風有問題呀，不意外。」

眾人閒話家常，像在聽別人家的趣事一樣，與自己無關。但王碩彥知道，這顆炸彈根本還沒引爆，正準備要引爆而已，而只要爆炸了，他們也會被炸到。

林木森現在不在派出所，就是去處理這些事了，他過去做的骯髒事、收的骯髒錢，現在能消除多少證據就消除多少證據。其他人也是一樣的，同是王系人馬，分局長以及其他轄區的分局長，都不會好到哪裡去，大夥兒都像炸了鍋似的螞蟻，大把大把的忙碌著自保。

這些賄款，最大的一筆在前年，高達兩億元，是時，翁泰正身陷炒股的內線交易案，要被判刑，但他買通了兩位法官和兩位檢察官，最後無罪釋放。

現在，這四位司法官已經被拘提了，檢方根據日記蒐集證據，大動作逮人，就是要趕緊撲滅輿情。但這只是一個開頭而已，後面還有兩三百名嫌疑人尚待釐清，這抓的還只是檢察官與法官而已，後面還有檢察長跟法院院長，甚至還有大法官，再辦下去真的是要動搖國本了。

王碩彥正和大夥兒聊得如火如荼，前方卻又傳來呼聲：「鹽哥，有人找你。」

「蛤？找我？有什麼事，叫值班處理啊。」王碩彥不想去。

「我就是值班，他就是要找你。」

王碩彥只好心不甘情不願的過去，結果一走近，對方很眼熟，就是上禮拜他放假前，那個來找手機的西裝男。

西裝男的打扮和上次一模一樣，黑衣黑褲皮鞋，領帶的位置都沒變，沒有鬍渣，沒有亂髮，身上沒有一點瑕疵。

西裝男一看到王碩彥就走過來，不疾不徐，不刻意小聲，用只有他們兩個能聽見的聲音說道：「那支手機呢？」

「啊……」王碩彥眨了眨眼，都忘了有這回事，但他馬上回答：「沒有耶，我沒有受理過這支手機，我都查過資料了。」

西裝男馬上回答：「就是你受理的，沒有疑問。」他語氣清晰果斷，直視著王碩彥：「我那天說隔天就要看到手機，結果你休假，我也耐心等了，今天你得把它交出來。」

「等等，你這什麼語氣？我說沒有就是沒有，誰才是警察啊？」王碩彥不高興了。

「你才注意一下你的語氣。」西裝男立刻從包包中拿出一張紙，上面有彩色列印，是一個中年男子的圖像，但王碩彥完全不認識這個人。

「他是誰？」王碩彥疑惑的問道，表情嚴肅起來。

「撿到我手機的人。」西裝男將紙收回包包，一字一句清晰的說道：「民國一百零八年五月三號晚上七點三十二分，這位男子叫陳于立，在林森北路撿到一支手機，返家途中交到了霖光派出所，受理案件的警員長得濃眉有鬍渣，經過特徵比對是王碩彥警員，王警員並沒有留下報案記錄表，但確實將手機收走，卻未發還，以上。」

他的話讓王碩彥愣住了，這人是誰？徵信社的嗎？連幾點幾分撿來的都知道？連撿來的人是誰都知道？怎麼查的啊？而且那麼久以前的事了，王碩彥怎麼可能還記得！

「你到底是誰？為什麼有這些資料？」王碩彥訝異的問道：「連監視器畫面都有，你到底是誰？」

「我只要知道，手機在哪裡？」西裝男小聲但極具威脅性的說道：「我不會和你計較吃案的問題，但我要知道它的下落，不管你送到哪裡，你告訴我，我自己會將它找出來。」

「等等，不是……」王碩彥扶住腦袋，他可不能這樣輕易露餡，他總得先知道對方是誰，知道手機為何這麼重要吧？

民國一百零八年，都已經是兩年前的事情了，怎麼會有人兩年後才在找手機？而且還有辦法大費周章的調閱到所有相關資料？這連警察都不見得做得到吧？

「我就說了，我沒受理到這支手機，你記錯人了吧？」王碩彥決定先耍賴，觀察對方反應：「你有帶身分證嗎？我做一下記錄，幫你找。」

「不需要騙取我的身分證字號去查閱我的資料，你查不到什麼的。」對方冷冷的說道：「告訴我，手機去哪裡了？」

「我就說了，沒印象有這支手機，也沒見過那個人。」王碩彥指著他的包包說，裡面那張彩色紙印得可高級清晰了。

「信不信我馬上將陳于立叫來與你對峙？還有當時與之相關的所有證人？」西裝男說：「當時你們值班的警員我也知道是誰，他還在這間派出所裡。」

「好啊，都叫來啊，大家對峙一下。」王碩彥嘴硬的說道，這地方是派出所，對方再大尾也不敢亂來：「現在就叫過來。」

西裝男沉默了一下，左手握拳，似乎在生氣，這是王碩彥看過他最激動的反應了，否則他看起來一直都像個沒有情緒的人。

接著他對著隱藏式的無線耳機講了一下話，便對王碩彥說：「你跟我過來一下。」

「我為什麼要跟你出去？」

「帶你去見我們老闆，你必須要見，不會後悔的。」西裝男朝他使了個眼色，就往門外走。

老闆？所以手機到底是誰的？

王碩彥實在太疑惑，也太好奇了，他看了看四周，見沒有其他同事理他，便尾隨著西裝男的背影，跟著他離開了派出所。

一輛昂貴的黑頭車停在對面路口，十分低調，沒開車燈，但王碩彥認得那個牌子，這車……要價超過兩千萬，不是一般的豪車而已。

西裝男走到了後座，持續等到王碩彥走得很近，才輕輕打開車門，只露出一點點。

「坐。」裡面的人傳來聲音。

是個六十餘歲的老人，手指肥胖，臉龐圓潤，法令紋很深，渾身透著一股古龍水味，卻充滿上流社會的氣質。王碩彥只在電影中看過這種人，他知道，這是真正的富豪，也是手機真正的主人，一直在跟他交流的西裝男，只是秘書而已。

王碩彥猶豫了幾秒，才踏入車內，西裝男沒有讓他把門關上，因為留意到他帶著槍，就算對方是警察，他也得保護老闆的安全。

車內的溫暖橘光和外面喧囂的混雜光線交錯，宛如王碩彥現在的處境，他一頭霧水，正面臨一件奇怪的事情。

「王警官，你好，我就是丟掉手機的人。」圓臉富豪說道，溫婉的歪頭看著王碩彥：「想請你幫我找到。」

「真的不在……」

「不要說不在你那裡。」富豪打斷了他，一樣的優雅客氣：「我們都知道在你那裡，你把它找出來，會有你的好處。」

他肥胖的手在王碩彥的手背拍拍，然後從前座拿來一個保險箱，打開，金光閃閃，全是鈔票。

「王警官，我給你一天的時間，你將手機找出來，這三百萬就是你的。」富豪說道，將箱子整個揭開。

「三百萬——美金？」王碩彥看傻了眼，他這輩子沒看過這麼多錢。

三百萬的美金呀，等於多少？大概快九千萬台幣。

九千萬元?!

看著王碩彥驚訝到說不出話來，富豪主動解釋了所有的疑慮：「那支手機弄丟兩年了，很難找，我知道，但它裡面有很多我重要的商業情報，對公司的損益，絕對超過這三百萬美金。」他安撫的說道：「無論如何一定要找出來，請一定要找出來，否則將對我們集團將造成一筆大虧損。」

解釋完畢了，確實，這位富商完全有能力去找出當時撿到手機的人，甚至調閱得到監視器，找到王碩彥，而且他也必須這麼做，為了手機裡的機密，九千萬他也願意付。

「……」王碩彥還是說不出話來，他頭一次遇到這種事。

「王警官，明天的這個時候，我會在這裡等你，請一定要麻煩了。」富豪說道，再次握住王碩彥的手，並塞進一疊厚厚的鈔票：「這些就當訂金，我不會食言的，明天這些錢就是你的。」

「不用！」王碩彥受寵若驚，馬上站起來，手中的鈔票又都落回箱子裡。

這舉動立刻觸動了前方的司機以及門外的秘書，他們伸手過來，一個護住老闆，一個拉住王碩彥。

「你們不用拉我，我沒事。」王碩彥說道，想甩開：「手機，我知道了，我會找。資訊量太多，嚇到我了。」

「我明白，明白。」富豪點點頭。

「可以放我走了嗎？我要回派出所了。」王碩彥回頭看向拉住他腰際的西裝男：「不用給我訂金，放我走。」

「這件事請千萬要保密，不要讓任何人知道。」富豪似乎起了不安之心，趕緊交代道：「請迅速，且悄悄的找到手機，這三百萬就歸你了。現在找得到嗎？我們在這裡等你。」

「找不到。」王碩彥立刻搖頭，他第一個想到的是那個水溝，只可能在那個水溝裡面了。

「沒關係，馬上去找，有找到，就撥我秘書的電話。」富豪說到這，西裝男再次塞名片到王碩彥的口袋：「他隨時能趕到，二十分鐘內，麻煩了。」

「好，我要走了，放開我。」眼前的一切令王碩彥暈眩凌亂。

「麻煩了，王警官。」

語畢，王碩彥下車，黑頭車很快就開走了，無聲無息。

王碩彥大口呼吸著新鮮空氣，前面的事情還沒處理完，這回又冒出了奇怪的狀況，而且，三百萬美元，九千萬新台幣，九千萬欸！是做夢嗎？

王碩彥捏了捏臉頰，很痛。

但他還是很懷疑，世界上真有這種事嗎？竟然落到自己身上來了！

第六章

話不多說，王碩彥知道自己還在上班，是巡邏勤務，但他依舊換上便服，跟值班交代一聲，然後就從地下室騎車溜出去，準備去找手機了，反正現在是無政府狀態，全天下的警官都在泥菩薩過江。

吹著晚風，王碩彥清醒了不少，他越想越覺得這件事很奇怪，雖然合理，但是很奇怪，最奇怪的點在於，為什麼兩年前的手機現在才要找？如果那麼重要，早該找了，不是嗎？

他也很機靈，在轄區內瞎轉了好幾圈，確認沒有人跟蹤，才開始騎往回家的方向。而他畢竟是警察出身，考量到對方是富商，自己有可能被安裝竊聽器與定位器，於是在換便服的時候，連鞋子和襪子都換了，全身都脫光，改了一遍行囊，頭髮也用冷水沖了幾沖，確認沒有異物才走。

薑還是老的辣，在弄清楚手機的玄虛之前，不能讓任何人知道它在哪裡。

「么壽，怎麼這麼重？」幾經周折，他終於又來到最熟悉的水溝蓋前。

以往他總是往裡頭丟東西，透過一根手指細的長孔，能投什麼就投什麼，他還真沒想過要將東西取出來。

他拿了一根撬子，想將水溝蓋撬開，但撬了老半天愣是沒反應。

「累死我了。」忙碌了許久後，他坐下來休息，順便用手電筒照了照。

咦，這就奇怪了，水溝蓋下怎麼沒東西？

他剛剛也沒想到這個點上，沒想到說要先用光照照看，就直接撬了，結果現在才發現，水溝蓋下方竟然沒東西。

「這怎麼可能啊？」王碩彥臉都綠了。

最近沒下雨，也沒地震，投了什麼東西，照理講都應該在這下方才對呀？

王碩彥又換了幾個水溝孔，換了幾個角度照光，然後發現，底下真的空空如也，什麼都沒有。

這下愣死他了，他也不是沒看過水溝底下，他之前拿手電筒照的時候，至少那些四、五年前的舊物都還在呀，怎麼現在連四、五年前的都不見了？

「難道是弄錯邊了？」王碩彥扶著腦袋四處張望：「不可能啊，就是在這裡啊，化成灰我都不會認錯。」

「認錯什麼呀？」這時，從他背後傳來熟悉的聲音。

王碩彥再一次發誓，真的，他發誓，他只要一天沒弄死李玉潔，他總有一天會死於中風!!

從背後呼喚的正是李玉潔，王碩彥被嚇倒在地，哇的一聲，差點沒把心臟嚇停，雙腳都軟了。

李玉潔笑兮兮的走上來，今日月光在背面，他的臉陰森森，更顯頭髮蒼白。

「為什麼你這老頭子又在這裡！」王碩彥大罵。

「來看你呀。」李玉潔回答。

「看我做什麼！」王碩彥一時還沒察覺到對方的意思。

「看你又打算往水溝丟什麼贓物。」

這話讓氣氛降至冰點，雙方瞬間鴉雀無聲。

是的，那些藏在水溝裡的物品，正是被李玉潔給拿走的，它們並沒有消失，而是被李玉潔給取出來了。

最近這裡開了間藝品店，李玉潔有事沒事就帶太太去逛逛，順便到河邊散步，殊不知王碩彥就住附近而已。

上回王碩彥朝水溝扔毒品的時候，就被李玉潔給瞧見了，李玉潔沒當場戳破，而是等王碩彥一走，和太太合力就把水溝蓋給弄開來。

這一弄開，驚為天人，裡面起碼有上百件物品，都是手機居多，有不少都已經腐爛了，也不知擺了多少歲月。

見獵心喜，李玉潔當場就讓太太拿垃圾袋來，將東西全都裝走了。別誤會，他可不是要佔為己有，他是終於找到了王碩彥的大把柄，準備要給王碩彥一刀斃命，送他上黃泉路了。

「所以，手機那些，你全都拿走了？」王碩彥呆愣的問道。

「沒錯。」李玉潔得意的點點頭：「還有你那些見不得光的東西，毒品、尿瓶。」

「你幹嘛這樣啊！」王碩彥急了，不知道要說什麼，腦袋有太多思緒，只能衝著李玉潔嚷道：「你這瘋老頭，你到底幹嘛要這樣啊！」

「因為警界不需要你這種不檢點的警察。」李玉潔立刻換了副口吻，從瑪爾濟斯變成了凶悍的瑪爾濟斯：「你這個亂七八糟的混蛋傢伙，竟敢把民眾撿來的手機全都扔掉，還有毒品！你還是個警察嗎？毫無廉恥！下流齷齪！狼心狗肺！你是警界的敗類！」

王碩彥被他罵到說不出話來，難怪他今天對他笑眼瞇瞇的，原來是已經找到了他的把柄，所以對他來個最後的仁慈，根本笑裡藏刀！

「那些贓物，我會在開庭那天，直接交給檢察官，讓大家看看你吃了多少案、偷走了多少民眾的財物。」李玉潔又笑起來，對著王碩彥嘲諷：「我不用你任何賠償，我就要你這種不適任的警察永遠被淘汰，準備進監牢吧你。」

「不是，天吶，警政監大人……」王碩彥捂著臉，不知道該說什麼，一下子服軟了：「你真要把那些破爛東西臨時丟到法庭上，法官也不會知道那是什麼，這種事情是要先偵查和蒐集證據的好嗎？」

李玉潔想了一下，好想也是，他想得有點太戲劇化了，那就別那麼戲劇化：「那我就交給督察長，相信他會知道該怎麼做的。」

「拜託不要。」王碩彥衝向前，雙膝就跪下來了。

這是他第一次做出這麼卑微的舉動，可能是腦袋太混亂了吧，也可能是想到了西裝男——九千萬元實在是太驚人了，再者，他要是沒把手機生出來，那富商可能會要了他的命。

「求求你，警政監，我們一碼事歸一碼事，我砸你的盆栽，我乖乖被你告，你把東西還給我，現在，真的很重要，拜託。」王碩彥急慘了：「那些不是贓物啊，那些只是沒人要認領的拾得物而已呀。」

「既然是拾得物為什麼沒有送分局？」李玉潔立刻怒道，他對一些基本流程還是懂的：「你把東西丟到水溝，你以為我不知道這是吃案嗎？我也當過所長，那時候你連出生都還沒出生！」

「對不起，就是已經等了兩年了，沒人要認領……」王碩彥支吾道。

「滾！」李玉潔一腳踢開了他，已經站上了道德的制高點，獲得了最終的勝利。王碩彥之前所說的，他李玉潔被大家討厭的事，彷彿都不算數了：「要說什麼去和法官說吧，瀆職罪！」李玉潔指著他的鼻子大罵：「侵佔罪！持有毒品罪！說不定還有貪汙罪！我一定要親眼看你穿上囚服！」

「求求你，警政監！」

「警政監！」

李玉潔沒理會他的喊叫，就這樣離去了。

王碩彥跌坐在地，黯然神傷許久，他原本只是愛摸魚被針對而已，後來因砸毀盆栽，變成被告，現在又被發現了更嚴重的罪證。

甚至，更大的危機在後頭，若沒找到手機，那名富商不曉得會拿他怎樣。

王碩彥不放棄，又拿手機往水溝照了幾次，真的什麼都沒有。

天呀，這對快七十歲的夫妻到底哪來的神力，能把水溝蓋撬開，然後搬走那麼多髒兮兮的東西？是有多大的國仇家恨，才至於做到這個地步？

王碩彥又在水溝蓋上徘徊了好一陣子，整天沒吃飯，也感覺不到飢餓。他得想想辦法，凡事都有優先順序，現在的當務之急，他得先找回手機。

有了九千萬元，他哪還怕這些人？

最後，他決定下一招險棋。

王碩彥決定下一招險棋，他打算派阿欽去偷李玉潔家，把那堆手機找出來。

這阿欽拿了派出所的錢，還欠他們一個案子，偷東西算小事而已，原先講好的販毒案，王碩彥打算作罷了，現在全台北市的警察都因翁泰的筆記本而忙得焦頭爛額，根本不會去管下個月的毒品績效了。

都快因貪汙罪被抓進去關了，誰還管什麼績效！

嘟嘟嘟……

嘟嘟嘟……

嘟嘟嘟……

王碩彥打了好幾次電話，阿欽都沒接，雖然阿欽經常換號碼，但王碩彥還是有不祥的預感。

該不會真跑路了吧？這傢伙，贏了六合彩，又拿了霖光所的錢，該不會真的落跑了吧？

「你快點接電話！」王碩彥急躁的在語音信箱留言，然後站起，跨上機車，不管怎樣，先把阿欽找出來再說。

王碩彥不去哪，就去里長家，然後才剛到巷口，他就察覺到不妙的氣息。

整個里長家好像被掀了一樣，門口的木柵欄被踹爛，養的土狗不見蹤影。房子裡頭黑漆漆的，沒有燈火，從後門望進廚房，那個隱藏在後道的麻將桌整個被掀翻了，地下室也一片狼藉。

這下糟了，該不會賭場被抄了吧？

王碩彥立刻打電話給里長，謝天謝地，這次電話播通了。

「喂，喂，里長！」王碩彥著急的說道。

「喂？」里長那邊遲了三秒才響起聲音。

「你在哪？你家怎麼了？」

「哪有怎麼了，被抄了啦。」里長講得十分大聲，也十分不滿，似乎不懂，有兩個議員當兒子的他，竟然也會出事：「林北剛剛才從派出所出來而已。」

「派出所？」王碩彥很驚訝。

「對啊，這派出所竟然敢抄我欸？沒大沒小了，還上手銬，我真正氣死了我。」里長悻悻然的說道。

不可能無緣無故被抄，這氛圍十分不妙，怕是翁泰的筆記本已經延燒到了警界基層，整個炸開鍋了。

「啊等一下還要去督察組欸，怎麼這麼麻煩？」里長在電話那頭抱怨道。

「還要去督察組？」王碩彥驚道。

「對啊，說，我兒子來也沒用，說兩個議員來都沒用，你看現在警察這樣講話的啦，真是沒規矩。」

「里長啊，里長，你聽我講！」王碩彥緊張的說道，趕緊向里長說：「你千萬不要說我有去你那裡打牌，聽到沒有？」

「阿災啦，你放心啦。」

「記得喔！」

「好啦，啊我先掛了，要上警車了，你娘勒，現在要重新上銬，林北第一次被上銬坐警車，議會下次質詢，你們局長死定了，叫我兒子幫我出氣。」里長嘮嘮叨叨的掛上了電話。

已經打點好的賭場不會無緣無故被抄，會被抄只有一個原因：王碩彥馬上打電話給這個轄區的同事探聽，然後得知了驚人的消息，里長所在的這個轄區，分局長已經涉嫌收賄，遭到檢調拘提了，相關的賭場與八大場所，全被地檢署與政風室給抄了一遍。

這是第一槍，翁泰的筆記本使得警界有第一位分局長落馬了，王春暉的勢力岌岌可危，他們就像一串葡萄，一顆被摘到了，就會有更多顆被找到，一個都跑不掉。

阿三仔那邊的賭場也被抄了，而且也被叫去做筆錄，要求指證出收賄的警察。但阿三仔被抄得比較早，所以已經被放出來了。

王碩彥接著和阿三仔通電話，阿三仔倒也坦然，他把受當地警察包庇的事情一五一十的說出去，以換取自己的減刑或免刑，背叛得理所當然、毫無猶豫。

這些人都是這樣的，平時跟你稱兄道弟，大難來時就各自飛，渾然無道義可言。

王碩彥還是要鬆一口氣，自己從來沒收過賄賂，他的原則終於派上了用場。他做過最超線的事情，就是上里長的賭場賭博而已，剛才已經打點了里長，雖不知里長會不會背叛他，但基本上，就算賭博被抓到，也不會有太大的事。

然而，李玉潔要把那些手機和毒品呈到法庭上，可就會有大事了，他必須解決。

「喂，阿三仔，你有看到阿欽嗎？」王碩彥趕緊問道。

「阿欽？」

「嘿啊，我在找他。」

「我沒看到啊，不知跑哪去了。」阿三仔說道：「啊你不是說要幫我報仇，要跟我一起設局給他跳？現在也沒看他跑來找我。」
「我找不到他啊，你最近看到他是什麼時候？」王碩彥問道。
「已經快半年沒看到他了啊，贏了錢一直在躲我。」阿三仔不爽的說道：「你才要幫我找他！」
謝天謝地，阿欽這時候打來了，王碩彥趕緊掛斷電話，換跟阿欽聯絡。
原來阿欽跑到南部逍遙快活去了，還說要從東港買一斤櫻花蝦送給王碩彥，王碩彥沒那個興致和他談天說地，他讓他立刻回來，說出大事了，有任務要他幫忙。
「蛤？偷東西？」阿欽聽到王碩彥的請求後，愣了一下。
「對，你到那戶住址，去找有沒有一袋手機，一整袋，髒兮兮那種，去把它找出來，就完事了。」王碩彥交代。
「就這麼簡單？」阿欽語帶狐疑：「然後毒品就不用辦了？錢也歸我的？」
「對，就這麼簡單，對。」王碩彥快沒耐性了。
「好啊，那有什麼困難！」阿欽喜出望外的說：「老子可是開鎖高手！」
「那你現在就回來，坐飛機也要給我回來，馬上！」王碩彥焦急的說道：「我明天下午一點以前要看到，你給我早上去偷！我跟你講，那老頭子九點就來派出所報到了，他太太會去做瑜伽，九點到十二點他家鐵定沒人！」
「蛤，要那麼早偷喔？我還在東港欸。」阿欽困擾的說。

「你現在就給我回來，不然就去做毒品那案，看你自己要做哪個案件。」王碩彥故意給出個連思考都不需要思考的選擇題。

「好啦，那我現在回去，坐高鐵好了。」阿欽回答道。

「快點，到台北跟我說一聲，我今天晚班，明早六點才下班，等你。」王碩彥催促道。

掛斷電話，好了，現在事情結束了，只要派阿欽去把那袋手機偷出來，他就無後顧之憂了，而且還能得到九千萬。真的是，要不就大喜，要不就大悲呀，可怕的遊戲！

令他自己感到驚訝的是，他在這過程中其實很冷靜，由於電話有被監聽的風險，所以他在和所有人聯絡的時候，都是使用LINE通話，警方是無法監聽LINE通話的。

若他今天要當一個壞人，那肯定會是個很出色的壞人，相形之下，台面上這些已經被抓的分局長簡直遜透了。

不曉得王春暉是不是也遜透了，才會被捉到把柄，但王碩彥回想起他那獅子般的面容，或許一切還有變數，王春暉不可能那麼容易陣亡的，王碩彥隱隱覺得。

※ ※ ※

山雨欲來，風滿樓，而風滿了之後，就是海嘯。

距離地檢署公布翁泰日記，不過才六個小時，整個台北市就已經有七個警察分局遭到拘提或約談，總局內部的處、室、科員、首長、刑警大隊，被傳喚的也不少，可見在日記公布以前，檢調單位與警政署就已經在布局逮人了。

不只是警界，司法院、地檢署內部和調查局內部也是動作頻頻，自己抓了自己不少人，堪稱是超級大地震。

昨晚因包庇賭場被抓的，是中山二分局的分局長，他抗告沒有成功，因證據太明確，人太蠢，被羈押獲准了。其他分局及其他涉案警官，則大部分都被無保釋放，靜候調查，但這僅限於「警官」，不是「警員」。

王碩彥所在的大安分局也爆炸了，霖光所更是爆炸，王碩彥六點下班，還沒等到六點，天濛濛亮，檢察官就協同警政署的政風室、督察室駕到了，他們以林木森收取翁泰建設的賄賂作為起點，出示搜索票，便開始對整棟大樓翻箱倒櫃，後來更是直接將林木森、阿弟仔、奶瓶等等三分之一的警員全部押走，剩下的先留下來維持派出所運作。

而這個先後順序其實有其意義，先押走的都是嫌疑最大的，後傳喚的，通常是補充證據用的，不是主要罪犯。

王碩彥看到整個搜索過程，看到他們被押走，就知道他們死定了，尤其是奶瓶，可能再也回不來了；奶瓶保管的那本「轄區戒護人口簽到表」出事了，那位三天才來簽一次名的嫌犯突然消失了，從上個禮拜就不見蹤影，只是奶瓶一直極力隱藏著，用自己的方式想圓謊，但終究紙包不住火。嫌犯預簽三天的量，然後就跑路了，等奶瓶發現，並通報警政系統抓人時，已經來不及了，嫌犯已經逃亡了，而她無法解釋這三天的漏洞。

王碩彥早和她說過了，會預簽的人，就是準備要棄保潛逃的人，但她還是沒能抵抗所長的威嚴，被逼著照做了。

在冊子的最後三天蓋章的人，也全都出事，他們和奶瓶同罪，都犯了嚴重的錯。當然，這一切都是林木森指使的，所以林木森也死定了。

但對林木森來講，奶瓶這條相較之下，比較無關緊要，更麻煩的是重劃區那塊，他收了翁泰建設不少錢，讓他們傾倒廢棄物，一切都如王碩彥所料，而且這些都寫在筆記本裡面。

筆記本寫的是大安分局長收賄，大安分局長再來交代林木森，雖沒直接寫到林木森的名字，但只要檢調釐清金錢流向，還有取得大安分局長的口供，林木森跑也跑不掉。

關於口供，王碩彥可不認為長官會替下屬隱瞞，保護下屬，他們絕對會出賣的，正如同林木森絕不會承認是自己威脅了奶瓶預簽冊子一樣。

除此之外，警政署的人還在大樓裡搜出一堆有的沒的東西，有毒品、有尿瓶、有違禁刀械、有瓦斯槍，這些都是前輩們遺留下來的東西，可能藏在天花板、藏在廁所，也有的是現任警員自己藏著的，但無一倖免都被搜了出來。

一般人持有這些物品就是違法，警察也不例外。

好在王碩彥已經早先一步，將他公務櫃那些雜七雜八的物品全都處理掉了，空空如也，十分乾淨。

霖光所的詬病太多了，就以挪用公款為例，整個單位有將近四十人，卻提不出一個像樣的帳冊，內部金流模糊不清；濫發獎金，逃稅不說，錢從哪裡來的都不知道。

陳列在大廳的違禁品，包含毒品就有好幾十公克，過期的毒蟲尿瓶甚至都變黑了，但誰都不承認那是他們的，所以最終都不能定罪，無疾而終。

王碩彥掐指算了算，最後會被關的，大概就是林木森，還有重劃區那塊的三位管區警員；以及包含奶瓶在內的，四個亂蓋印章，偽造文書的警員。

霖光所，陣亡了七位警員、一位所長，一個派出所就陣亡七位了，可想整個台北市現在是怎樣一個慘況，風聲鶴唳、哀鴻遍野。

王碩彥沒有熬過下班，就被傳喚去做筆錄了，在被李玉潔告的時候，他去分局做過一次簡單的筆錄，但這次不一樣，他騎車騎到了地檢署去，以證人的身分出庭。

整個台北地檢署人滿為患，亂成一團。檢察官和法官都有開不完的庭要處理，平時的案件都被擠在外面了，因為總統下令，撤查翁案優先，所以王碩彥這些人的筆錄，都得先做。

「翁泰集團在開發區傾倒爐渣的事情你知道嗎？」承辦檢察官有氣無力的問道，已經整夜沒睡。

「不知情。」王碩彥搖頭。

「你和許碩宏是什麼關係？」他接著問。

「同事關係。」

問：「你知道他同意翁泰集團在他所屬的管區內傾倒違規廢棄物嗎？」

答：「不知道。」

問：「你是否有聽聞此事？」

答：「沒有聽過。」

問：「是否有翁泰集團的人接觸過你？」

答：「沒有。

問：「霖光所所長林木森，是否有交代你協助掩蓋翁泰集團傾倒爐渣一事？」

答：「沒有。」

問：「許碩宏是否有交代你協助掩蓋翁泰集團傾倒爐渣一事？」

答：「沒有。」

問：「另一份筆錄喔，請證人王碩彥注意。你與盧乃榆是什麼關係？」

答：「同事，我們都叫她奶瓶。」

問：「不用回答多餘的喔。她是否曾經請你協助在『轄區戒護人口簽到表』做虛偽之簽章？」

答：「沒有。」王碩彥堅定搖頭。

問：「根據扣押的『轄區戒護人口簽到表』，發現在三月二十七、四月五號、四月六號，都有你的印章，是否為你本人親自蓋章的？」

答：「是，三次都是我本人。」

問：「你是否親眼見到翁忠茂本人前來報到，才進行蓋章？」

一問到這個問題，王碩彥愣住了，翁忠茂，對喔，他太久沒看本子，都忘了這逃亡的人叫翁忠茂，莫不是和翁泰有什麼關係吧？

問：「是否有聽到我的問題？」檢察官再次問道。

答：「有，是的，我有見到他本人。」

問：「他外貌如何？行為舉止有什麼特徵？」

答：「臉瘦瘦的，有點老，看起來很累。」

問：「他在上述三日簽到時是否有表明逃亡的意圖？」

答：「沒有。」

問：「翁忠茂和翁泰是堂兄弟關係，你是否知情？」

王碩彥再次愣住，被他猜到了，果然有這層關係！

翁忠茂就是翁泰的人，林木森對這兩起事件所收的賄賂款，都來自於翁泰集團，是翁泰要協助他堂兄弟逃跑，才請分局長和所長答應預簽的事情。

答：「我……我不知道。」

問：「盧乃榆身為業務承辦人，卻做虛偽之簽章，教唆、並親自偽造文書，你是否知情？」

答：「不知情。」

問：「盧乃榆身為業務承辦人，是否有協助翁忠茂棄保潛逃，你是否知情？」

答：「不知情。」

問：「盧乃榆是否受霖光所所長，林木森之教唆，而行上述不法情事？」

答：「我不知道。」王碩彥可不敢亂講話。

問：「盧乃榆是否曾提起，受到霖光所所長，林木森之威脅壓迫？」

答：「我不知道。」沒有證據的事，王碩彥只能一概搖頭。

筆錄做完了，看似平淡冗長，卻耗盡了王碩彥的精力。他從這份筆錄看出了林木森正在將責任都推到奶瓶身上，而奶瓶則奮力抵抗。

他卻沒辦法替奶瓶作證，作證是要有證據的，他既沒錄音，也沒親眼見過什麼畫面，啥忙也幫不上。

出法庭的時候，他遇到了奶瓶，奶瓶坐在候詢室，雙手用外套遮著，已經被上銬了。她一見到王碩彥就哭了出來，王碩彥也不禁悲從中來。

「鹽哥，早知道我就應該聽你的話！」她大哭：「嗚嗚嗚嗚，怎麼辦，現在我是不是死定了？要是羈押獲准，我就出不來了。」

「他們用什麼罪名起訴妳？」王碩彥盡力冷靜的問道。

「貪汙治罪條例。」

王碩彥瞪大雙眼，愣住：「妳有收錢？」

「我沒有啊，所長就送我一條鑽石項鍊啊，說算是補償我的委屈，我哪知道那個就算是了，他哪有說那個和簽名有因果關係！」奶瓶哭壞了：「現在所長在筆錄中咬死了，說是我個人的行為，他只是轉交的，項鍊被檢方扣走了。」

「妳怎麼會這麼傻啊，誰會無緣無故送妳一條項鍊！」王碩彥又急又氣，更多的是絕望。

「嗚嗚嗚嗚，我是不是死定了啦？你說我是不是完蛋了？」奶瓶真的大哭，墜入地獄的那種。

「啊林木森呢？他自己就沒收錢嗎？主要交接的就是他啊！」

「我不知道啦，嗚嗚嗚，檢察官只說扣押我價值三萬元的項鍊，還要搜我家，我媽媽要是知道了怎麼辦啦？」

王碩彥心涼了，原來這林木森也不是真的傻，他貪錢也是貪得聰明絕頂，竟然預先送了奶瓶項鍊，想把黑鍋甩到奶瓶身上。

檢調要想從林木森身上找到收受賄賂的證據，那可不容易，他們都是現金交易，還會洗錢，不會留證據，更不會採用匯款這種腦殘方式。

但檢調要抓奶瓶，那可就容易多了，只要林木森承認有幫忙轉交項鍊給奶瓶就夠了，而這項鍊，林木森百分之百會自己主動提出來，好推給奶瓶。

林木森背叛了奶瓶！

「嗚嗚嗚嗚，鹽哥……」

「早知道我應該聽你的話的……」

很快，奶瓶又要做筆錄了，王碩彥看著她起身、看著她離開、看著她走進檢察官的房間、看著她哭哭啼啼、不知所云，王碩彥心情很沉重。

事情比他想像得要糟糕多了，他知道奶瓶會進監獄的，然後從這一天起，她就再也出不來了，下次要看到陽光，可能得十年之後，甚至二十年之後。

其他七個人的遭遇多半也差不多，他們都是新人，或是資歷比較淺、比較笨的，著著實實被林木森這隻老狐狸給擺了一道。

王碩彥沒有走，他一直在法院等待，等到快中午，整個偵查及庭審程序才終於做出了一個初步的判定：奶瓶與霖光派出所等等五名警員，收押禁見，其他兩名警員與所長林木森，交保候審。

所謂的收押禁見，就是要關起來，而交保候審，就是可以回家等候審訊，暫時平安出庭。

王碩彥傻眼，這是什麼狀況？罪魁禍首林木森被放出來，其他卻要被羈押？他雖早已料到可能會是這樣，但看到林木森滿臉春風的走出來時，他仍差點要揮拳揍上去。

「看什麼看？回家啦。」林木森望著他說道，絲毫沒有察覺到他的怒意。

林木森大搖大擺的走著，身後還跟著兩個也幸運獲保的小警員，一個王碩彥不熟，另一個則是阿弟仔，兩個人都垂頭喪氣、身體發抖、擔驚受怕。

「回家？回你他媽的家！」王碩彥直接嗆道：「你有沒有一點羞恥心？你當大家不知道是怎麼回事嗎？你現在回派出所，告訴大家有五個人被羈押了，然後你沒事，你猜猜看會發生什麼事？」

林木森的臉馬上沉下去：「我有說我要回派出所嗎？大不了我回家嘛。」他嘟噥道，似乎也意識到了王碩彥的殺氣，與派出所的危險性：「啊法官就這樣判啊，我哪有辦法，我也想要奶瓶他們沒事呀。」

「我操你媽的垃圾！」

林木森嚇了一跳，然後落荒而逃，哇啦哇啦的跑到路邊攔了台計程車，頭也不回的逃走了。

阿弟仔在哭，另一個學弟也眼眶泛淚，王碩彥不知道該怎麼安慰他們，只能用他騎來的機車，默默的三載，將他們兩個帶離法院。

「學長，我們死定了對嗎？」挨在他身後的阿弟仔問道。

「不會的，你都交保了，後面的我們再想辦法。」王碩彥安慰道。

「但奶瓶姊他們都進去了，我們怎麼可能不進去？」阿弟仔邊哭邊說：「我聽說，進去也是早晚的事而已。」

「你也蓋章了嗎？最後三天的某天？」王碩彥問起那本公文冊。

「嗯。」阿弟仔默默點頭。

「你有收所長的錢嗎？」王碩彥再問，此時也不避諱什麼了，三人彼此信任。

「沒有。」阿弟仔哭著說道：「學校的校訓是誠，老師教導我們要誠實，若有違反法律，將受最嚴厲之懲戒。」

「唉。」王碩彥嘆了口氣，不忍再繼續說下去。

他猜想，阿弟仔之所以能獲保，就是沒收林木森的任何錢或禮物，這是他和其他人唯一的差別。他本想安慰阿弟仔，因為沒收錢，所以最多可能就被判偽造文書，而非貪汙等等重罪，但他想想還是算了，他們已經懂了，在受過這次教訓之後。

「學長告訴你們一個故事，很久很久以前，我在偵查隊待過，那時候叫刑警隊。刑警隊呀，比派出所還要黑一百倍，那個誰誰誰，大流氓，只要和分隊長很好的，打了人也可以馬上被放出來，沒事。」王碩彥邊騎邊和他們說起以前的往事。

「長官和一般人一樣，有分好長官跟壞長官，但很可惜，我們遇到的大部分都是壞長官。因為在這個圈子裡，好人很容易變成壞人，但壞人卻很難變成好人。」王碩彥接著說：「我們那時候缺毒品績效，當毒品重量不夠時，就得往裡頭摻東西，增加分量。」

「摻什麼東西？」這個話題成功引起學弟們的注意，暫時讓他們忘記害怕了。

「我們那時候都抓海洛因，所以都摻鹽。」王碩彥笑道：「兩種在外觀上幾乎一模一樣。」
「哇，其實我還沒看過真正的海洛因欸，跟鹽長得很像嗎？」坐後座的學弟問道。
「很像。」王碩彥點點頭。
「摻鹽然後呢？不會出事嗎？」阿弟仔好奇的問道。
「不會。」王碩彥這就得來好好講解一下什麼叫犯規，什麼叫犯法：「毒品從毒販那裡買來的時候，已經被亂加過一輪了，沒有哪家的毒品是真的純的，為了灌水多賣一些，毒販都會往裡面加東西。而我們警察，」說到這，王碩彥挺起胸，頭頭是道，掩蓋一下心虛：「只是再稍微多加一點東西而已，讓九公克變成十公克，符合績效要求。」
「哇，第一次聽到勒。」阿弟仔嘖嘖稱奇。
「就算到了法庭，九公克與十公克，對嫌犯的量刑都是一樣的，所以我們並沒有傷害任何人。」王碩彥摸著良心說道：「只要這件事低調進行，不要那麼白目，跑到監視器下面亂摻，就不會有人管你，主管還會默許，覺得你好棒棒，好會做績效。」
「那要是真的被發現了呢？假如被檢舉了？」後方的學弟問道。
「如果不是人贓俱獲、剛好被當場抓到亂摻，那怎麼會有事？」王碩彥聳聳肩：「裡面的鹽巴，誰說一定是我們加的？拿去送驗，驗出一大堆亂七八糟的東西，也不能證明是誰加的吧？我們加的只是鹽，那毒販還不知加了些什麼傷天害理的東西呢。」

「原來是這樣呀，那我以後也要學會這招。」阿弟仔點點頭。

「欸。」王碩彥不樂意了，立刻敲醒他：「你不是在偵查隊，你既然在派出所，就不必這麼做，尤其是在霖光這種大所，自然會有學長願意去賣命，你們就老實待著就好了。」說到這，他不禁感嘆，那個賣命的學長，不就是指他自己嗎？

「這樣哪像警察？我也想學會警察那些技術。」阿弟仔說。

「那個不叫技術，那不過是投機取巧、雞鳴狗盜的伎倆罷了。」王碩彥潑他冷水：「作為一個基層，只要規規矩矩的上班，老老實實的待著，罩子放亮點，不做不該做的事，就能安然到退休。」

「蛤？就這樣？」

「對，只要能安然到退休，你就是一個好警察，成功的警察。」他講出最後的重點。

沒錯，要能安然走到最後的，才算是一個成功的警察，那些半途被歹徒開槍打死、那些貪汙收賄被送進牢裡關死、那些績效作假被免職彈劾的，都不是好警察，即使生前再棒再厲害，被頒發再多獎章，都比不過能走到最後的人。

只有走到最後，領著退休金，健健康康過養老生活的人，才是一個成功的警察。

「你們才畢業不久，所以不懂吧，學長我，已經有好多同屆的同學死掉了。」王碩彥不禁仰頭感嘆：「有被歹徒刺死的、有過勞死的、也有病死的，日子越久，看著照片，只會發現自己越來越孤單。」

「學長，你沒事吧？」阿弟仔拍拍他的肩膀。

「沒關係，你還有我們。」後座的學弟接著說道。

王碩彥不禁又好氣又好笑，這回竟變成他們反過頭來安慰他了。

「反正你們只要記得，多聽、多看、罩子放亮點，然後不要相信壞學長的話，尤其不要相信所長的話，就能平平安安過一生了，明白嗎？」王碩彥做出一個響亮且具體的結論，並將話題導回來，要讓這兩人放下擔憂，心裡好過一點：「阿弟仔，我再問一次，最近你有收所長或任何學長的錢或禮物嗎？」

「沒有。」阿弟仔回答。

「後面那個，你有收所長或任何學長的錢或禮物嗎？」王碩彥再問。

「也沒有。」他回答，並說：「學長，我叫小楊。」

「好，阿弟仔、小楊，那你們基本上平安了。」王碩彥給他們打了定心針：「就是偽造文書而已，被關的機率很小，大概要罰個六到九萬。」

「好。」

「好的。」兩人是真的放下了心中的大石頭。

「學長，我有個問題。」這時，阿弟仔又舉手發問：「你被叫鹽哥，是不是跟摻鹽有關？」

「叮咚，總算問對問題了。」王碩彥一高興，機車的油門就催下去：「那年績效逼得緊，我真的沒辦法，又不想摻真毒，怕出事，就鐵了心放半包鹽下去，從此就被叫鹽哥囉，整包海洛因有一半是鹽，鹹嘟嘟的，吃都吃不出毒品味了。」

「哈哈哈，原來還有這種事！」兩人大笑。

「原來你的綽號是這樣來的啊！哈哈哈哈，整包的鹽比海洛因還多！」

就這樣，在三人的笑聲中，他們都暫時忘卻了那些不愉快。

但王碩彥還是忘不了、也擺脫不了的，他的處境並沒有比這兩個小毛頭還要好多少。他被李玉潔告，李玉潔還「偷」了他那堆手機，他今天沒有把問題處理好，事情就大條了。

那位富商還在等著他呢。

第七章

一回到霖光派出所，令人意外的事情發生了，林木森竟早他們先一步回派出所了，在法院前他落荒而逃的模樣，好像不存在過一樣。

「八個人被押到法院，最後只有三個人回來，幕後主使者平安無事，你說這像話嗎？」王碩彥走到二樓，站在所長室門口，聲音洪亮，說得整棟樓都聽得見。

「噓，不要那麼大聲嘛。」林木森用手指比了一下，趕緊喝一口茶壓壓驚，他現在很怕王碩彥，便說：「我保證，我現在替他們想辦法好不好？你沒看我現在就在想了嗎？」

「八個人被押到法院，最後只有三個人回來，幕後主使者坐在這裡喝茶！」王碩彥更加憤怒，朝整棟樓吼道。

他是個低調的人，但不代表他是個懦弱的人，相反的，他總是仗義執言的那個人。

林木森被嚇掉了杯子，趕緊就蹲下去了，躲到桌子底下，不想看到王碩彥，他朝王碩彥猛揮手，要他快滾。

「好啦，鹽哥，你就先走啦。」副所長走過來緩頰：「等一下要開記者會了，先讓所長整理一下資料，鬧得這麼難看不太好。」

「記者會？什麼記者會？」王碩彥一頭霧水。

「派出所出這種事，分局長和所長要開聯合記者會，對外澄清。」副所長說道，拿著一疊厚厚的稿子，放到林木森桌上。

對外澄清？是要澄清什麼？

王碩彥有股不好的預感。

他下樓，陪著兩位學弟，以及其他那些，剛剛一起前往法院作證的人看電視，緩解緩解心情，順便了解現在翁泰案的狀況，結果不出幾分鐘，分局長就來了。

大安區素有台北市中的台北市之美名，是首都裡最精華的地區，住著無數身價破億的富翁。但大安分局的警察分局長，可就沒有一丁點得以襯托它的氣質了。

大安分局長，田維漢，王碩彥很少提起他，因為他幾乎就是林木森的升級版，不值得一提。兩人一模模一樣樣，沒有專長，就是狡猾，懂得交成績、抓重點，沒有把下屬當成人，甚至沒有把下屬當成一個生命。

王碩彥記得很清楚，有次他協同其他同事出公差，和分局長一起到總署開會，分局長中午要去吃午餐，怕車位被人停了，就叫一個資淺的站在車格裡佔位置，站到他吃完回來。

王碩彥從警這麼久，從沒聽過有如此狗屁倒灶之事，天氣熱就算了，你叫人佔位，還一副理所當然、臉不紅氣不喘的樣子，也不是站一下而已，完全沒把人當人看！

同樣的事情不只發生過一次，王碩彥聽分局的會計室說過，夏天時蚊子多，分局長就會派人到走廊上去打蚊子，偏偏就不買捕蚊燈或蚊香，因為其他分局都沒買，他怕被其他分局笑。

這他媽是什麼奇葩思維？

就是不要臉、沒道德感、無能又愛面子，完全是林木森的翻版，假如有一天林木森當分局長了，王碩彥敢打賭他也會是這副模樣，叫人到走廊上去打蚊子！

現在就是王碩彥和田維漢官階差了一大截，沒有什麼接觸的機會，否則王碩彥一定能發覺更多田維漢與林木森的相似之處。

「分局長好！」

「分局長好！」

分局長大駕光臨，眾人紛紛起身敬禮。

林木森早已等候多時，搓著手在一樓和田維漢會合，兩人就到樓上所長室討論去了，順便等媒體記者到來。

事情是這樣子的，翁泰案大爆發，人人自危，大安分局也不例外。除了霖光所，分局的其他派出所也陸續有人被抓、被傳喚。畢竟上樑不正下樑歪，田維漢這種風格，底下的人也不會有一個是乾淨的。

田維漢本人剛才也到地檢署去做了筆錄，案子也卡了許多，他們所有分局長中最不幸的那個，中山二分局的分局長已經被羈押了，其他的都有被放出來。

既然放出來了，身為一方之首長，就必須對外做出說明，給媒體朋友一點資訊。田維漢和林木森在二樓商量著霖光所的案子，談得那是臭氣相投、好不暢快，外人無法插入。王碩彥不禁心想，這兩個奇葩的人，也只有彼此能夠理解彼此在想什麼吧？只是，就不要某一天兩人有利益糾紛，否則兩人的翻臉速度那應該也是互不相讓的。

後來，等媒體記者都來了的時候，王碩彥才知道，他們剛才的談話，是在給所有的基層警員布下惡夢。

記者會開始，媒體朋友坐在位置上，寬闊的大廳，「霖光派出所」的移動式牌子早已被挪出來擺，所長就站在牌子左邊，而分局長則位居幕後。

一般派出所進行記者會，都是為了因應轄區發生的重大刑案，才會需要出來做個說明，而今日要說明的，正是跟翁泰案有關的風紀案件。

「本所於今日早晨遭到檢調單位搜索，共被拘提八位同仁，以及傳喚十九位同仁，本人林木森為所長，在此證實，是和翁泰建設案件有關。」林木森看著擬好的稿子，平淡而麻木的唸道。

媒體記者紛紛拍照，鎂光燈霎時閃爍不停。

「這次羈押庭，本所共有五位同仁遭聲押獲准，其餘三位保釋候詢。共有兩個案件，皆因『貪汙治罪條例』起訴，第一案是以本所盧姓同仁為首，所涉及的偽造文書罪行，同仁未按規定確實檢視假釋犯的報到，並做虛偽之證明，導致罪犯棄保潛逃……」

問到這裡，記者們已經按捺不住了，紛紛舉手提問：「逃亡的是翁泰建設負責人的堂弟，翁忠茂對嗎？」

「為何要協助他逃亡？」

「外界傳言你們讓翁忠茂預簽了五天的報到，讓他有機會潛逃，是否是共犯之一？」

面對咄咄逼人的詢問，林木森舉手打斷，先回答最重要的：「是預簽三天，不是五天，請不要這樣誤會我們。」他指著那位記者說。

「所以其他問題都默認對嗎？」

「為何要協助翁忠茂逃亡？」

「翁姓嫌犯的逃亡，實為承辦人員的疏失。」林木森義正嚴詞的說道：「法庭已證實，盧姓同仁收受了翁姓嫌犯的賄賂，進而在公文冊作假。」

聽到這裡，王碩彥已經聽不下去了，林木森口中的盧姓同仁，就是奶瓶，奶瓶明明是被他逼的，還被騙收了一條項鍊，現在這些全成罪證了。

王碩彥氣得半死，但林木森和田維漢不知去哪找了兩個雄壯的同仁，硬是將他架住，不讓他鬧，還把他的嘴給摀上了。

「除了盧姓同仁外，另外兩位本所同仁也因協助逃亡、收受一萬元到三萬元不等的賄賂，遭到檢方正式起訴了。」林木森繼續照稿唸道，這稿就是他的劇本，也是他剛才做筆錄的劇本，因此，檢方的起訴書，其實也基於他的劇本，全都是他的劇本。

「難道所長沒有責任嗎？」有記者尖銳的問道：「外界傳言翁泰集團接觸的對象應是所長您，而不是單獨找警員，也有人提到，這陣子有人向所長您關說翁忠茂報到一案。」

「完全子虛烏有。」林木森立刻否定：「我完全沒有和翁泰的負責人還是誰見面過，該業務的細節，只有盧姓警員她自己最清楚，她夥同了其他兩位同夥，偽造蓋章，這也是我始料未及的，剛才才從法庭知道。是本人管理不周，導致派出所出現風紀敗壞，非常抱歉。」

王碩彥聽得快吐了，兩眼發紅，其他同事也有點聽不下去，但在場，田維漢帶來的人已經比霖光所自己的人還多了，維和部隊待命著呢。

「那所長你沒收受賄賂嗎？」記者接著問：「聽說盧姓警員在法院中指控你……」

「對不起，你再提出這種未經查證的傳言，我就要維護我的人格權囉？」林木森直接打斷他，態度趨為強硬：「請尊重法院的判決，法官判我獲釋，並讓我轉為證人，就是相信我的證詞。盧姓警員等三名同仁罪證確鑿，檢察官當庭出示了翁泰集團贈予盧姓警員的項鍊，這不是賄賂是什麼？」

「項鍊？那是什麼項鍊？」

「您說的是項鍊嗎？」

「怎麼樣的項鍊？價值多少呢？」記者的焦點很快被這新奇的話題給轉移。

沒錯，林木森早就給自己鋪了後路，挖好坑讓奶瓶跳了。重劃區的爐渣棄置案也一樣，他都已經把劇本設計好了，只要出事都讓別人來揹黑鍋，而他自己是不會被抓到的，收錢還被抓到，天底下哪來那麼笨的人？

要不是憑空冒出來一本筆記本，還輪不到今天這些緊急方案登場呢。

結局大致上已經底定了，被羈押的那五個警員，確定是出不來了，王碩彥不知道他們筆錄怎麼做的，但從結果來看，奶瓶他們已經被判死了。

他們一團混亂的被押走、接受審訊，林木森卻準備充足，並有備而來，將致命的證據直接塞進檢察官嘴裡。

林木森給自己留的退路是沒有瑕疵的，即便那建立在別人的絕路之上。

等林木森將兩個案子給記者們講完，王碩彥已經被勒暈了，他倒在後面沙發上，大腿被一個胖子給坐著鎮壓。

他雖然氣暈了，但耳朵還是聽得見，林木森講完話，接著就是田維漢出來講更加官話的官話了。不外乎都是別人的錯，自己都沒有錯，我大安分局是廉潔的，霖光派出所有問題，我們就處理掉，該調地的調地、該服從中央安排的服從中央安排，一切照規矩辦理。

就這樣，一通瞎講再配合原本就設計好退路的收賄犯行，這兩人把這場霖光所的貪腐海嘯就這麼搞定了；全推到基層頭上，錢是基層收的，壞事是基層做的，怎麼查，都不會查到他們身上。

王碩彥得承認，他們真的邪惡得很完美，吃人不吐骨頭，說謊都不帶眨眼的。在這個世道，懂法律的人就是贏，有證據的人更是無敵，任奶瓶在監獄裡如何哭訴，都不會有人相信她的。

監獄之外，王碩彥等人想幫忙作證，也沒有他們的份。誠如王碩彥稍早去法院跑的那趟一樣，檢察官問什麼，他都只能回答不知道、不知情，他並幫不上忙，因為他沒有證據，他只有一張嘴，一張誰都可以拿來亂講的嘴，無效的嘴。

一場設計好的圈套，給足夠傻的人跳，你請神仙來也救不了你。

這就是法律的惡。

記者會結束後，王碩彥疲憊的上了二樓，直奔寢室，不想看到所長或其他人，即便所長已經和分局長不知跑哪逍遙去了。

結果他在三樓的公務櫃，碰見了又在哭泣的阿弟仔。

阿弟仔很難過，剛才的記者會只聽了一半就跑上來躲起來了，他不是害怕自己會被抓回去關，也不是擔心奶瓶會坐牢，他是徹底的對自己所在的體制感到恐懼與失望。

他不能面對所長剛才講的那些話，那些義正嚴詞，詆毀奶瓶與其他人的話。所長說翁忠茂逃亡案的同仁都在牢裡了，但所長忘了他，他也是幫忙蓋章的，他沒有在牢裡，他在旁邊聽著，聽所長說謊，說著傷害他們的話。

如果當警察是要這樣相互欺騙，相互傷害，甚至要置對方於死地，那他寧可不要當了。可是他沒得選擇了，他已經被告了，他只是比奶瓶好一點，沒有被抓進去關而已。

他不懂，原本明明都好好的，他好好的上班，奶瓶姊也好好的上班，怎麼一夕之間全都變了，大家都去了不該去的地方，擔上了莫須有的罪名。

「不要哭。」王碩彥不知道該怎麼安慰，只好在他旁邊坐下：「你們都很好，只是碰上惡人了。」

「嗚嗚嗚嗚，鹽哥，我能幫忙救奶瓶姊嗎？」阿弟仔擦著眼淚：「所長為什麼不救奶瓶姊？所長為什麼說那些話？」

「因為要是說真話，所長自己就會被抓進去關。」王碩彥不哄他，直接和他講事實，畢竟他也不是什麼小孩子了：「我們幫不上奶瓶，幫不上任何忙。」

「為什麼？如果收錢的真的是所長，我們集體控訴啊！」阿弟仔哭道，彷彿還是不知道收錢的到底是誰，雲裡霧裡。

「控訴算什麼名詞？」王碩彥莞爾笑道：「你是法律人，要講法律話，你是警察學校畢業的，你背過刑法、背過刑事訴訟法，受過正規教育，你知道，沒有證據我們幫不上任何忙的，等風頭一過，所長和分局長飛黃騰達了，你只要敢亂提一個字，就會倒大楣。」

「……」阿弟仔掉著眼淚，不吭聲了。

就算有一百個人說看到所長收了翁泰建設的錢，你沒有證據，沒有錄像，也是徒勞的，現在的定罪原則就是這樣，要有具體的物證。而王碩彥早已檢查過派出所的監視器，什麼有用的線索都沒有，林木森哪那麼蠢，在派出所和人喬賄賂的事情。

「好好休息，然後接受事實吧，你還有官司要面對。」王碩彥拍拍他的肩膀說道：「去檢察官那裡要謹慎，記得不要亂說話。」

「奶瓶姊真的不會回來了嗎？」

「奶瓶，不會再回來了。」王碩彥拋下沉重的一句話，然後站起，就往樓上寢室走去。

※ ※ ※

田維漢和林木森的危機暫告一段落，兩人都被拘提，面臨調查，但都雷聲大雨點小而已，半天內就保釋了，還有餘裕開記者會做公關呢。

與之相應的，則是翁泰日記裡那筆最大條的內線交易，「兩億元炒股案」，涉案的兩位法官和兩位檢察官都被火速拘提，大動作審訊；奇妙的是，他們因罪證不足，也都獲得了保釋，劇情走向與田維漢和林木森如出一轍。

四位司法官收了兩億元，在什麼時間、什麼地點，日記裡寫得清清楚楚，但就是被放出來了，社會一片譁然，群眾激憤，電視瘋狂的播報，政壇名嘴們謾罵不休，指責政府包庇，毫無作為！

但對此，王碩彥並不意外，他們是法律人，必須講法律話。日記這種東西，在法庭上是沒有證據效力的，它只是導火線，引領檢察官去調查相關線索——如果是在大飯店交付賄款，就去調大飯店的監視器；如果被招待去喝花酒，那就傳喚當時在場的女陪侍們；不然就去搜索嫌疑人住所，看能不能找到鈔票。

然而這些拿黑錢的個個都是聰明人，本身就是司法官，玩法弄法，怎可能會留下把柄？他們被一本日記給出賣了，說不定還會反告對方損害名譽呢。

區區一本日記，是弄不倒這些大鯨魚們的，況且日記上的內容，最久都已經二十年了，怎麼查？時任小法官的某位男性，現在都當上法院庭長了。

王碩彥無神的看著電視新聞，已經可以預料到最後的結果了。海嘯來襲，公、檢、警、調、法被撲天蓋地的撤查，舉國震怒，但到最後海水退去時，有穿褲子的人還是會站在原地，泰然不動。

來到這片海，人人都懂得勒緊褲帶，只有那些迷途小羔羊會被不幸淹沒，成為替死鬼，永遠消失在海裡。他們不經世事，翁泰日記所關注的也不是他們，但海嘯總要帶走一些人，以保全其他更位高權重的人。

「所以日記上寫的都是假的嗎？」

「可是日記上寫你們當時在花園大酒店談生意。」

「〇〇集團的股票你們當時轉手賣了多少，也是翁泰透露給你們的消息嗎？」電視裡，記者們追問的聲音傳來，讓王碩彥垂垂的雙眼又睜開。

從畫面上匆匆走過的，正是「兩億案」那四名司法官，這是重播，但王碩彥沒看過。他們四個從法庭中走出，面戴口罩，嚴肅不講話，但估計是被記者追得煩了，其中一個人停了下來，摘下口罩回答：

「完全子虛烏有。」他憤恨的盯著鏡頭說道，額頭都皺出了紋路：「請尊重司法判決，我們被無保釋放，法官甚至駁回上訴，我想這已經說明得很清楚了。」

哇勒，王碩彥差點嗆到，這話說得和林木森及田維漢是一鼻子通氣，聽著跟複製貼上似的，這些人的劇本一套套都是同款的嗎？

「但日記中提到，一百零七年的時候你們在花園大酒店有不正當的會面，翁泰交代了內線交易的內幕，你如何解釋？」記者不放棄，繼續問。

「日記不代表什麼，我和翁泰不熟，只有過一面之緣，他可能有點失智症了吧？才會這樣亂寫。」司法官瞪著記者，十分敢講，直接反駁一切，就和半小時前他在法庭內的表述一樣，對於控告全盤否認：「翁泰集團對我造成的名譽毀損，我會斟酌進行法律追訴。」

噗，王碩彥又嗆到了，這人還真是恬不知恥，竟能道貌岸然的對著鏡頭講出這種話！

王碩彥不禁回想起剛才在霖光所記者會上，林木森那張令人厭惡的嘴臉，說厭惡都不夠了，根本令人作嘔！

「是這樣的喔，根據記者剛才的訪問，四位嫌疑人對檢方的控詞全盤否認喔。」女記者拉著攝影師，又回到法庭前，拍攝人滿為患的建築物外觀：「而法官也裁定駁回羈押，所以可以看到，這四位涉案官員都離開法院了喔，我們把時間交還給棚內。」

電視畫面一閃，就進到了政論節目上，但不管是哪一台的政論節目，正在討論的都一定是翁泰案。

「這四人肯定會被無罪釋放的，甚至不起訴處分都有可能，因為罪證不足嘛！」畫面中，一位戴眼鏡的名嘴信誓旦旦的說道，桌上有一堆令王碩彥眼花撩亂的圖卡：「來，翁泰的日記，寶傑你怎麼看？」他指向另一位名嘴。

「首先，我敢保證，日記一定是真的。」對方劈頭就來聳動的一句，正經八百，彷彿全世界的祕密他都一清二楚似的。

「蛤？你怎麼知道是真的？」眾人跟著炒熱氣氛，主持人問：「已經有人在質疑作假了不是嗎？」

「沒有人會那麼無聊，寫一本假日記，這翁泰我很熟，從年輕時就開始寫日記，字跡就是他的，我認得出來。他身邊的朋友也都知道，他很愛寫日記。」名嘴開始唬爛，但接著又來了幾句實際的：「不過日記的效用，我們都知道，是沒什麼證據力的，要是檢方不能拿出更具體的東西，一刀斃命，我只能說，這次這兩、三百人，沒有人會被關的，大家都會無罪。」

「不是聽說中山二分局的分局長已經被關進去了嗎？」主持人繼續問：「警察局的。」

「那是被他們內部自己衝康的啦！（下圈套）」一名嘴唉的一聲，揮揮手說道，彷彿大家都不懂，只有他最懂：「不然哪會只有他被羈押。」

「被內部衝康？」眾人好奇。

「警察有他們自己的派系，這中山二的分局長，跟派系不合，所以被衝康了。」一名嘴回答。

聽到這裡，王碩彥就聽不下去了，根本胡說八道，一通亂講。

中山二的分局長就是正統的王春暉人馬，血管裡流著的就是王春暉的血，否則哪可能當得上分局長？被抓純粹是他太猖狂，轄區大大小小的賭場一堆，很敢收錢、心臟很大；他肯定早有把柄被檢調單位給掌握，才會在這個時刻被趁機掃下來。

王碩彥沒有關掉電視，他就這樣睡著了。

現在是下班時間，他很累，一直都很累，早在清晨六點他就該回家了，但被翁泰案一攪和，他跑地檢署、載學弟，一直到現在才有時間休息，於是直接在派出所宿舍就睡了。

他打呼著，一直睡到晚上去，神奇的是，電視裡說了什麼，他隱隱約約還是聽得見。他聽到有其他大官陸續被放出來了、聽到有涉案檢察長不願接受採訪、聽到有某法務部高層怒斥翁泰說謊造假、聽到有市府人員說要撤銷翁泰建設的執照、聽到有朝野立委在對罵，互推責任。

事件雖然在延燒，但王碩彥知道，這場海水會退得很快，因為牽扯得人太多了，官官相護，動搖國本，要是真的將那兩、三百人都查個徹底，國家機關都要空一半了。

總統的震怒、府院的下令撤查，也不知是真是假，在一個三權分立的國家，公、檢、警、調、法常常各自運作，就拿他們警察來說，他們只聽警政署長的話，甚至在台北市，他們只聽王春暉的話，警政署長來都沒用，王春暉不查，總統震怒又有何用呢？

苦無證據，僅有一本手寫的筆記本，啥也幹不了。

但後來，王碩彥在半夢半醒間，聽到總統打出了一張出其不意的牌，總統派出了國安局去搜查翁泰的家，從裡到外、從公司到住處，將整個翁泰建設搜了個遍。

這國安局直轄於總統府，歸總統所管，只聽總統的話，在公、檢、警、調、法等體系之外，一般只處理恐怖攻擊、外交安全等等攸關外部威脅的事宜，但現在總統以翁泰案涉及國家安全為由，讓國安局出手了。

就這招，讓王碩彥相信，總統是真的要撤查這案子了。夢境中，他對「政府」的印象，是一團晦暗腐敗的混沌體，現在，一切都變明朗了，霎時出現了像太極兩儀那樣的分界線，有陽光照進來了。

總統和國安局站在亮的那邊，而這邊，人太多了，王碩彥數都數不盡，有前浪有後浪，誰也看不清誰的面孔，人頭後面還有人頭，都是官僚的沈痾。

第八章

一直睡到快晚上六點，王碩彥要上班了，他才被跑進他房間的學弟給搖醒。

「幹嘛啊？」王碩彥滿臉不情願：「我兩點多才休息欸，不會幫我簽出一下喔？反正現在勤務又沒人管。」

「學長，有人要找你，我說了你還沒上班，他還是堅持要找。」學弟害怕被罵，趕緊解釋道：「我不是故意的，但值班的學姊叫我來叫你，林家豪學長也叫我快來叫你起床。」

林家豪？

王碩彥馬上清醒了，林家豪是這派出所裡唯一和他實力相當的人，甚至比他還要資深。是什麼事情這麼緊急，讓林家豪也叫學弟快來喊他？

王碩彥起身，馬上穿衣服，誰知學弟竟然跑走了，沒給他機會問話。

究竟是什麼事？該不會是翁泰案燒到他身上了吧？不會吧？他這幾年都很小心謹慎，可沒落下過什麼把柄呀！

還是林木森不曉得在哪裡陰了他，像陰奶瓶那樣？

王碩彥心驚忐忑，走出房間，沒有直接下樓，他踏入陽台，試圖從這個角度窺看派出所一樓，看看到底發生了什麼事。

結果，他還沒看到派出所，就看到路面對街停了一台車，不是誰的車，正是三百萬美金那個富翁的車。

王碩彥愣了一下，然後臉都綠了。

對喔，他都忘了有這回事，他還欠那個富翁一支手機，他得找手機啊！

說到手機就想到阿欽，幹！他都忘光光了，他派阿欽去偷李玉潔家，不曉得偷得怎麼樣了，阿欽怎麼沒有打電話給他，該不會根本沒去偷？或者被抓到了？

「快接電話！快接電話！」王碩彥趕緊播電話給阿欽，急得像熱鍋上的螞蟻，頻頻望著那台躲藏在樹蔭下的千萬豪車。

播了快十幾通，謝天謝地，阿欽終於接了，一副剛睡醒的模樣，嘟噥著夢話，還有起床氣。

為了防止被竊聽，王碩彥馬上掛斷，然後用LINE打過去。

「喂，啊你是怎樣？」王碩彥劈頭就罵道。

「什麼怎麼樣？」阿欽覺得無辜。

「我不是叫你去偷一個人的家，還讓你把地址記下來了？你不要跟我說你人還在東港！」王碩彥急得要死。

「幹，我去偷了啊！」阿欽馬上跟著生氣：「你還跟我說那家人九點到十二點不會在，結果我才剛進去，那老頭就回來了。」

「啥?!」王碩彥嚇得臉都白了：「啊你有被抓到嗎？」

對喔，他都忘了！今早李玉潔一來上班，看到派出所一團亂，他的位置被記者給佔滿，鬧烘烘的，便不爽的罷工，走人了！

「沒被抓到啊，老子有那麼傻嗎？」阿欽回答，語氣有些得意。

「你從哪裡跑？他家有後門？」王碩彥混亂的問道，真的很擔心，要是阿欽被李玉潔給逮到，偷竊現行犯，他就死定了。

「我沒跑欸。」阿欽理直氣壯的說道：「我收了錢，怎麼能不完成任務？那老頭在客廳看電視，我就去他房間找；那老頭回房間聽歌，我就躲衣櫥，然後再溜到客廳，繼續找；連廚房、陽台、閣樓、浴室都找遍了，很累欸！」

「幹，你有病呀！」王碩彥嚇呆了。

這阿欽真是個瘋子，主人都回家了，小偷竟然不跑，兩人在屋子裡玩躲貓貓？

「重點呢，手機有找到嗎？」王碩彥趕緊問道。

「沒啊，根本沒你說的東西啊。」阿欽回答道：「我找了兩個小時，什麼抽屜都翻了，沒看到手機啊。」

「不是普通的手機，是一堆舊手機，還摻雜很多零碎物品。」王碩彥比手畫腳的形容。

「我知道你在找什麼好嗎？」阿欽翻白眼的說道：「就沒有啊，他家除了一堆盆栽、字畫、紫水晶，其他值錢的都沒有，手機也沒有。別說裝整袋的，我連單支的都沒找到，除了他自己身上那支。」

「盆栽下面你有沒有翻啊？字畫後面呢？」王碩彥很急。

「鹽哥，」阿欽無奈的打斷他：「你當我什麼人了？老子可是神偷大盜欽，我連那老頭藏在電腦主機裡面的私房錢都找出來了、連衛生紙的夾層都看了，你還懷疑我的能力？」

「……」王碩彥陷入沉默，同時也絕望：「所以，真的沒找到？」

「沒找到，連個屁都沒有。」阿欽回答：「跟你說喔，他家的錢和他老婆的耳環，我連一根寒毛都沒動，還戴手套，我知道，他是你們警察的大官對吧？」

「沒找到就算了。」王碩彥不願和阿欽說太多，直接就想掛斷電話。

「喂，那我們就一筆勾銷囉，一筆勾銷了對嗎？」阿欽急著問。

後面的話王碩彥沒聽到，他只知道自己麻煩大了，手機沒找到，而富翁和那西裝男已經在樓下等了，他無法面對。

李玉潔這老狐狸到底把手機藏到哪裡去了？怎麼可以這麼奸詐！難道他不知道那支手機價值九千萬嗎！

不說了，學弟又跑上來催了，語氣比上次還緊急。

「好好好。」王碩彥跟著他下樓，滿頭大汗。

不知道為什麼，他就是畏懼那位面色慈祥的富商，他知道有錢人都不是好惹的，會為了一支手機付出九千萬，對方絕對是來真的，王碩彥知道自己身在危險之中。

「來了嗎，鹽哥？」一踏入一樓，就聽到林家豪的聲音。

西裝男就坐在民眾等候區裡，一貫的俐落儀容、整齊油頭，正由林家豪接待著。

「鹽哥。」林家豪一看到王碩彥，便趕緊喚道，並使了個眼色，表示這傢伙不是好惹的：「你有找到手機了嗎？這位是議長的親戚，還是陳委員的朋友，他說要你幫忙找手機找很久了，已經等了半個小時。」

什麼議長的親戚、委員的朋友，王碩彥一想到外面那台黑頭車，就知道對方的行頭肯定比想像中要大多了，而且直至此刻，對方都還不願透露自己的身分，得拉一堆雜七雜八的假關係來掩護。

「我來就好。」王碩彥對林家豪說，並往西裝男走去。

西裝男沒有起身，已經不再像以前那樣平靜客氣了，他坐著、雙手交叉、瞪著王碩彥，一開口就透露出殺氣：「手機呢？」

「沒有。」王碩彥鐵著臉回答，飽經歷練的他，竟會懼怕眼前這個小小的秘書？

「沒有？沒有是什麼意思？」西裝男小聲卻咄咄逼人的問道，一字一字緊逼著，卻清晰的如顆粒般黏在一起，讓人聽得不寒而慄。

王碩彥盤算著是否要完全否認這件事，假裝沒有手機存在，但他想到對方肯定調了所有的監視器，調到那天，他揹著特別鼓的背包離開，甚至可能已經找到那處水溝蓋了，但是水溝蓋那附近並沒有監視器，但是……但是……

王碩彥腦袋混亂，一情急，便用直覺做決定，不敢撒謊：「我沒找到。」他老實說。

「沒找到？被你丟掉了嗎？丟在哪裡？」西裝男接著問，完全不帶思考、不拖泥帶水、不究責，只問重點，腦袋清晰。

「不知道在哪裡。」王碩彥咬著牙說，這時的他即便不用測謊儀，一個路人都知道他在心虛。

「跟我上車。」西裝男沒多說什麼，起身就走。

王碩彥沒有別的選擇，他苦笑著，壓抑著慌亂情緒，和其他同仁打聲招呼，然後就離開了派出所。豪車已經開走了，沒停在原本的位置。王碩彥跟著西裝男，拐了好幾個路口，才看到那台車。一樣，西裝男打開後座，請他上車，並微微敞開一條小縫，沒把車門完全關上。

「又見面了。」富翁身在車內，微笑問候道。

王碩彥不知道該說什麼，只是點頭。

「手機在哪裡？」富翁問道，繼續笑著：「我昨天說了，明天這時間要看到手機。」

「我找不到。」

「它很重要。」富翁說：「那它在哪裡？給我線索，你兩年前受理時，把它放到哪裡了？派出所嗎？」

「我忘了，好像不在派出所。」王碩彥盡力維持冷靜，手機被李玉潔給拿走了，王碩彥得先隱藏這個祕密，絕不能說出去。

「我想也是。」富翁雙手交錯，再次笑道：「否則早上搜索的時候，早該搜出來了不是嗎？」

這句話令王碩彥大吃一驚，早上持搜索票到霖光所來搜索的，是地檢署連同警政署的人馬，這富翁究竟是何方神聖？難道早上的搜索不只跟翁泰案有關，也是為了找出那支手機？

連地檢署都有辦法調動，這富翁究竟有多大分量？

「我沒有其他線索了。」面對富翁來勢洶洶的下馬威，王碩彥硬著頭皮說道：「兩年前我是吃案沒錯，但我們撿到的手機太多了，根本記不起來丟去哪了。」

「你不可能記不起來，那是一支純金的手機。」富翁說道。

「純金的？」王碩彥愣住。

富翁眼色不對，朝門外瞄了一眼，西裝男馬上跳出來澄清：「我有告訴過他那是一支金色的IPHONE10，特製版的。」

「你沒說是純金的。」王碩彥故意說道，終於有報仇的機會。

「我說是金色的，已經很明顯了。」西裝男咬牙說道，恨不得掐死王碩彥。

「不重要，反正，你到底有沒有印象？」富翁揮揮手問道。

說到金色，王碩彥還真的有印象，不過不是兩年前的印象，而是丟棄它時的印象。那時候他正往水溝蓋裡投進一枚又一枚的破爛手機，投到最後，袋子裡突然冒出一個亮晃晃的東西，不是什麼，正是金色的手機。

王碩彥當時並不覺得有什麼，沒把它當一回事，只是嘟嚷了幾句，說現代人還真愛慕虛榮，連手機殼都要整成金色的，誰知，那竟是純金的！

現在回想起來，那觸感還真的不太一樣。

「有嗎？在哪裡？」富翁見他若有所思，抓緊機會問道。

「我正在想嘛。」王碩彥拖延時間，他真的騎虎難下，不知道該怎麼做了，難道真要把祕密說出去，說手機在李玉潔那邊？那他九千萬還拿得到嗎？

「可以再給我一點時間嗎？」王碩彥問道。

「時間，我們最缺的就是時間。」富翁淡然說道，外面的西裝男卻聽不下去了，便替他補充：「時間？我們他媽的最缺的就是時間！這幾天全都耗在你身上了，每一分每一秒都比你的命還重要，你現在跟我們要時間？」他怒道。

「好了。」富翁揮手阻止，朝王碩彥問道：「你要多久？」

「再兩三天。」

「兩三天你媽！」西裝男暴怒。

「我說好了。」富翁再次阻止，然後朝前座的司機揮揮手，讓他再拿來一個東西。

這次不是裝滿美金的保險箱了，而是一個黑色的小瓶子，有點像裝相機膠捲用的，但材質很高級，密封的蓋子還帶著扣環。

富翁打開了瓶子，拿出了令人駭然的東西，是一截手指，斷指。

「這是我哥哥的手指。」富翁平靜的微笑，將斷指放在掌心，它經過了妥善的處理，沒有臭味，連斷面的骨頭都被切齊了。

富翁接著說：「他過世了，那支金色的IPHONE就是他的，裡面有許多商業機密，以及關於遺產及遺囑的重要措施，我得拿到手機，用這根手指的指紋打開它，這樣你聽明白了嗎？很重要。」

「好幾百億的遺產吶，很重要。」外面的西裝男跟著附和。

王碩彥盯著那隻手指，好，他明白了，難怪價值九千萬，竟然連手指都弄來了。

富翁馬上就把手指又收回黑色瓶子裡，扣上扣環，鎖進前座的保險箱中。

「所以，現在告訴我，你要怎麼幫我？」富翁問道。

王碩彥在見到那截斷指後，腦子突然變得很清晰，如夢初醒，不再那麼畏懼了。他閃過了一個很重要的念頭，但他沒抓住那是什麼念頭，只知道很重要，非常重要。

面對富翁的逼問，他沒有太多時間思考，他轉守為攻，他發覺他也不是只能挨打，需要他的是他們、有求於他的也是他們，他並不弱勢。

「你們有調閱派出所的監視器？」王碩彥問道，以這個牛頭不對馬嘴的疑問，揭開交戰的序幕。

「有，怎麼了？」富翁平靜的說道，微笑，但顯然已經嗅到王碩彥在奪回主導權，他知道他要問什麼：「趁早上搜索的時候，從你們長官那裡弄來了影帶，看了幾遍，沒有線索。」他坦承說道。

那也是，畢竟三樓的公務櫃區沒有監視器，王碩彥才不會在監視器底下偷雞摸狗，藏匿他的拾得物呢。

「那你們有搜過我家？」王碩彥再次問道，很敢問。

「搜過了。」富翁也很直白：「兩次。」

「有搜其他人嗎？」

「不必再問這些不相干的問題。」富翁態度轉硬：「我們釐清了所有的線索，手機最有可能在你手上，並沒有送交上層，連你們所長我們也調查過了。」

「那為何兩年前的手機現在才來找？」王碩彥接著問。

「因為我哥哥那時候還沒過世。」

「那為什麼你哥兩年前弄丟手機不找？裡面不是有重要的商業情報嗎？這兩年來都不需要？」王碩彥愈發懷疑，這富翁莫不是想拿走哥哥的手機來獲取利益吧？

「那不關你的事情。」富翁終於收起笑臉，失去了耐性：「將手機交出來，你就可以拿走你的三百萬，否則你會吃不完兜著走。」

終於從他口中聽到了威脅。

「我說了，我需要時間。」王碩彥提出要求，總得給他時間從李玉潔那裡將手機弄出來吧？

「多久？」

「兩天。」

「太久了！」富翁太陽穴爆出青筋，再也不笑了。

「一天。」

「太久！」

「你這樣逼我也沒用，我至少要一天。」王碩彥說道：「明天下午六點，我一定想辦法弄出來給你可以嗎？」

「你說的。」富翁垂著嘴角說，死死的盯著他：「現在就去找，馬上。」

王碩彥下車，要離開前，西裝男從口袋關掉了一個東西，發出了尖銳的嗶嗶聲響。上次也有這個聲音，令王碩彥十分好奇。

「阻斷通訊用的，免得你錄音。」西裝男冷冷的解釋道，沒有多理王碩彥，送也不送他，上車就走了。

王碩彥拿出手機看，這才發現手機從當機狀態變回正常。原來還有這種高科技設備呀，有錢人的世界實在太令人難以想像了！

他回頭望了車子一眼，沒時間了，真的沒時間了，他得趕緊拿到手機，並且，他得查清楚一件事。

一回到派出所，王碩彥就開啟了電腦，連結警政系統。

他記住了富翁的車號，馬上利用系統查詢，想查清楚對方的底細。結果，這只是一台租賃車，登記在一家小公司裡，和富翁的行頭對不上。

王碩彥咬著手指，越想越奇怪，這富翁究竟是何許人也？未免也藏得太深了吧？

他知道對富翁來說，那支手機、他哥哥的遺產很重要，但怎麼會只找他一人？怎麼會只找王碩彥呢？這是令王碩彥最困惑的點！

他發現，西裝男每次來都只和他接觸，並不和值班人員、或所長說話，也沒透露內情給王碩彥以外的人知道。這很反常，一般大人物有事情要請託，都會只找最上面的人，比如說找局長、找分局長或找議員、立委，然後這些長官再來往下施壓這樣。

但現在卻完全相反了，他們只找王碩彥一個人，林木森或田維漢等人，完全不知道有個超級大富翁正準備用九千萬辦一件事。九千萬！這層級可是能調動府院人士的呀！

富翁究竟在隱瞞什麼祕密？為什麼這麼謹慎小心？

怕是連與他合作的警政署搜索團，都不明白內情，只能乖乖辦事。

王碩彥呆坐在電腦前，想了又想，終於，他把不久前腦中閃過的那個重要念頭給抓回來了，他好像知道些什麼了，他知道了，他知道了——

跟翁泰案有關！

他的腦海抓住了這根救命稻草，馬上飛快的打字搜尋。車號是行不通了，但這時他腦筋動得飛快，他立刻去查詢翁泰家族的所有人，什麼爸爸、叔叔、伯伯、哥哥、弟弟、堂弟、表弟、表哥……只要是男的，全都搜尋。

這還真的被他找出來了！

畢竟翁泰建設是大集團，包攬了整個營建業的上下游，家族人士的照片在網路上都有。剛才在車上的富豪，叫做翁明，不是誰，正是翁泰的親弟弟，那圓潤的臉和笑起來的樣子，與照片一模一樣。

而翁明也沒有說謊，斷指的主人真的是他哥哥，翁泰的。王碩彥猜想，在翁泰出車禍過世後，翁明就在覬覦遺產了，所以，他用了不可言說的方法，將哥哥的手指給切斷偷走，他需要翁泰的指紋。

搞來搞去，不管是翁泰、翁忠茂還是翁明，全都是翁泰建設的人，這集團還真是亂啊！一會兒寫日記，搞得國家天翻地覆；一會兒棄保潛逃，害奶瓶被抓進監獄；一會兒又想偷遺產，把王碩彥整得是半死不活。

但，不對呀……

王碩彥想想又覺得奇怪，一支兩年前的舊手機，真的有辦法替翁明搞到遺產嗎？手機是能證明什麼？

他逼自己回到思慮的原點：翁泰案，翁泰弊案，翁泰貪腐案，動搖國本的翁泰集體賄賂案。

「兩年前的手機，可能還保留著以前賄賂的證據。」王碩彥兩眼發呆，不知不覺的說出這句話，沒人聽到。

沒錯，肯定是這樣了！

他深吸一口氣，發覺自己找到答案了，這就是答案！

誰會這麼不屈不撓去找一支已經遺失了兩年的手機？中間這麼多的時間，翁泰都不來找，偏偏在他死後，才有人要開始找；偏偏在弊案爆發後，才有人這麼著急的在找手機，還說每一分每一秒都比他的性命重要！

派出所後台的電視開得很大聲，依然在播報新聞，又有更多大官被釋放出來了，原因很簡單，罪證不足，光憑日記，檢調單位及法官都無法進行真正的判決。

而所謂的證據，那支純金手機豈不是很重要的證據？

想到這裡，王碩彥的腦子又不平靜了，他飛快的，卻安靜的，衝到了志工台，往李玉潔的抽屜、盆栽、桌墊、小箱子又翻又找，好像失去理智一樣，不顧一切。

翁明說找回手機是為了遺產，鬼才相信，如果是為了遺產，怎麼會只找王碩彥一個人？直接請分局長或所長出來施壓，不是更快？

那手機鐵定記錄著什麼可怕的東西，簡訊、LINE文字記錄、通話錄音、照片、影片等等，每一樣都是致命的證據，每一樣或許都能和日記對上，直接要了一個大官的性命。

所以翁明想略過這些警官，偷偷拿回手機，否則很有可能在中途，手機就被偷走了，那可不是翁明樂見的。不管手機是被毀了，還是裡面的內容被破解了，都對翁泰集團危害甚大。

翁泰還活著的時候，或許也試圖找過手機，但沒找到，而他本人也不當一回事，畢竟他還活著，手機也有指紋鎖，弊案也還沒有爆發。但現在弊案爆發了，翁泰出車禍死了，筆記本流出，國家動盪。翁泰家族動員全部勢力，將該清理的證據全都銷毀，對自己不利的部分，律師團也全面掌握，然而，千算萬算，還是漏算一件事，他們發現了有這支遺失了兩年的手機存在，而且找不到！

一支256GB容量的手機，能夠記載多少不堪入目的骯髒事，沒人敢想像。即使只能追溯到兩年以前的事情，也足以拉一堆人下馬。

翁泰去世當時所用的手機，已經不見了，這是家屬的說法，家屬說有拿到遺物，但後來就不見了；翁泰的個人筆記型電腦，以及他秘書的電腦，也不見了，可想而知，全部都被銷毀了，檢察官去要的時候沒要到，國安局去搜索的時候，更是連個屁都沒找到。

車禍當下，交通警員犯的最大過錯，就是扣押了筆記本，卻沒扣押到手機，不過即使扣押到，那手機要想度過層層關卡，不被消失的到達法庭上，也是困難重重。

現在，唯一可能記錄著犯罪事跡，能扳得動利益集團的東西，只剩那支手機了。它也是唯一能阻止法院繼續放人、繼續宣稱罪證不足的關鍵物。

「到底在哪裡？」一想到這裡，王碩彥更加粗暴了，翻動著志工台所有的抽屜：「這該死的瑪爾濟斯，到底把東西藏在哪裡？」

「鹽哥，你怎麼了？」同事過來關心。

「不關你的事！」王碩彥將他給吼走了。

這些人不會知道他正身處在什麼樣的壓力中，他剛見到了一截斷指，那是翁泰集團為了自保，不惜讓創始人死無全屍，從大體上切下來的東西。

「到底在哪裡？」

「在哪裡？」

王碩彥找不到，他找不到李玉潔從他水溝裡偷走的手機，既不在家裡，也不在志工台，李玉潔這個老瘋癲，到底將手機藏去哪裡了？他不知道那很重要嗎！

他該去找李玉潔，直接將事情說清楚嗎？

他要怎麼說？用騙的嗎？李玉潔會將手機交出來嗎？王碩彥能給他什麼利益？

王碩彥腦袋並不糊塗，李玉潔雖然是隻腦殘的瑪爾濟斯，但他還是警政監，他是警界高層，雖然已退休，但依然是利益集團的成員之一。

王碩彥不知道李玉潔為人如何，手腳乾不乾淨，有沒有收過賄賂，但手機的真相肯定是不能跟他說的，他可是警官！

「唉。」王碩彥嘆了口氣，將事情想了又想，然後才慢慢將東西收拾回去。

他餓了，餓得全身顫抖，他忘記自己有多久沒吃東西了，他得休息一下，好好整理思緒，否則他會死的。他沒看鏡子，就知道自己肯定蒼老不少，所謂的一夜白髮，大概就是這種感覺了。

他叫了外送，看了看時鐘，八點。

他好久沒有看時鐘，好久不知道現在是幾時幾分了，他身心疲憊的走向後台，等待晚餐。純金手機和瑪爾濟斯的事情，等等再煩惱吧。

「嘿，鹽哥。」眾人一看到他就讓出位置。

王碩彥啥也沒想，倒頭就躺下，而一躺下就想睡，但他盡力維持清醒，他還要吃飯呢，他知道是飢餓在作祟，他血糖太低了。

「現在大家都不出去巡邏了嗎？」王碩彥隨口問道，第一次見有這麼多人上班時間還待在派出所偷懶，自從李玉潔到來，還沒見過這種盛況。

「有事情再出去吧。」眾人邊嗑瓜子邊看電視說道。

「局長和分局長都換人了欸，學長，你知道嗎？」阿浩在此時說道。

這事引起了王碩彥一點注意，他勉強挺起身子，看看電視現在都在報什麼。

翁泰案的司法醜聞並沒有因為總統下令撤查而得到平息，看著越來越多的高官被無罪釋放，民眾的憤怒越來越深。迫於現實壓力，涉案官員自發性的辭職下台，也有眾多機關首長都被撤換，法務部、司法院、行政院、監察院等高級院所也都派發言人出來澄清，將對翁泰日記提及的人員進行獨立調查，絕不寬貸。

但檢調都已經審訊過、並無罪保釋的東西，機關內部自己又能查出什麼？民眾不是傻子，不過又是虛晃一招罷了，上街抗議的氛圍已在醞釀，朝野對立嚴重，政論節目也越罵越難聽。

最新一輪的府院記者會，總統再次震怒，司法改革的聲音被推到最前端，響徹雲霄。包括現任司法院長、現任法務部長、現任檢察總長、現任調查局高層，各地方涉案的現任局、處、科室首長，稍早才躲過下台風波的，現在全被撤換了，由府院派遣的人馬進駐，嚴整紀律。

警界也不例外，方才七點多發布了最新的派令，包括台北市、新北市、桃園市、台中市、台南市等等與翁泰有過接觸的直轄市局長全被調職，名字有在筆記本上的局內高層或分局長也一樣，全被砍掉。

這可謂是王碩彥從警以來所看過，最大的人事地震了。

局長王春暉被調到警政署去當副署長了，那可不是升官，而是被拔權軟禁，等候調查。副署長沒有實權，跟吉祥物沒兩樣，而且副署長不只一個，桃園市和台中市的局長也都被調去當副署長了。

分局長田維漢也掉官了，連同松山分局、萬華分局、大同分局等等其他分局的地方頭子，都被調去外縣市去當警政監；對，就是李玉潔的那個警政監，警政監和副署長差不多，也都沒有實權，只能在單位內走走晃晃，當個輔助角色，被奪去兵符。

此番大洗牌，讓警界一夕之間變了天，規矩與秩序都亂掉了，群龍無首。但總統顯然還是太天真了，對警界認識不足，要知道，台北市仍然是姓王的，王春暉的勢力根深蒂固，人馬遍布所有角落。林木森還在，大安的副分局長、組長們也都還在，更別說其他分局了，這些人都是姓王的，都是王春暉的正規軍。總統拔掉了分局長，換副分局長上台，還不是一樣，跟田維漢並沒有差別。

警界就這麼小，你找不到所謂的改革派，找不到適合的人。更扯的是，替換掉王春暉的人，不是別人，竟然是督察長。

督察長江卿，就上次來關懷王碩彥、說要把王碩彥調走的人，他可不是什麼好人，更不是改革派，他就是王春暉一手帶大的，是名符其實王春暉的左右手，從台南發跡時就一直跟著王春暉跟到現在。

江卿竟然當上局長了！

「……」王碩彥聽他們講，差點吐血。

總統可能以為有「督察」兩個字，就能整頓紀律，但她錯了，江卿等於王春暉，而且江卿這個人特別軟弱，比起林木森等人，幾乎沒什麼野心，忠誠度很高，才會被王春暉提拔到現在這個位置。

江卿即使當上局長，也只是暫代的，他不敢戀眷這個位置的，他會等王春暉回來。像王春暉那樣的男人，他不敢惹，遍地都是王春暉的爪牙，都只聽王春暉的話。只要挺過這次危機，王春暉很有可能晉升為警政署長。

真是塞翁失馬，焉知非福呀，這次大洗牌，說不定還給王春暉洗了一手好牌呢，畢竟翁泰日記上的罪名，他算輕了，只收了三十萬，還是那麼久以前的事了。他的競爭者都比他嚴重許多，桃園市、台中市那兩個局長，光名字就在筆記本上出現了快十次，這輩子恐怕無法東山再起了。

「換江卿當局長了啊……」王碩彥昏昏沉沉的說道，在等待晚餐的過程裡，終究還是睡著了：

「換江卿當局長了啊……」

連江卿那種人都可以當局長了呢。

二十年後，說不定林木森就是督察長了。

然後，他還是一個只能巡邏的小警員。

第九章

王碩彥一直睡一直睡，當他醒來時，竟然已經天亮了，他睡了十個小時有餘。

王碩彥嚇一跳，他可以睡這麼久嗎？都沒有人叫他欸，這期間都沒再發生什麼事嗎？

王碩彥雖然忐忑不安，但神清氣爽，他終於睡飽了，終於好好睡上一覺了。他上廁所洗臉，現在是早上七點，派出所的同仁已經換上了一批，該下班的下班去，上班的也已經上班了。

他記得昨天的所有事，記得好多好多事，徹底休息過後，他的腦袋清楚很多。他知道，他今天傍晚以前要找到那支純金手機，他得從李玉潔身上挖出來，而現在才七點多，李玉潔九點才會到派出所。

王碩彥思考著要現在就去李玉潔的住所找他，還是在派出所等他，他一邊猶豫，一邊吃昨天沒吃到的晚餐。他昨晚睡著了，到現在才吃它，雖然已經冷掉了，但還是吃得津津有味。

他又洗了一次臉，然後打算再去志工台找一次手機，這時林木森卻出現了。

「王碩彥，你還在這裡做什麼？」林木森一看到他就問道，還是一副乾癟不討喜的模樣。

「上班。」王碩彥悶聲回答。

「上什麼班？法院又要傳喚我們幾個了，等等一起出發，快去準備說詞！」林木森說道，並站在鏡子前調整衣領。

「蛤？傳喚？」王碩彥傻眼，旋即覺得厭煩，無非又是針對奶瓶和工地爐渣的案子要他們補充說明，而且很急，連傳票都不發了。

王碩彥沒有多少時間整理思緒，阿弟仔等人就出現了，原班人馬集合，要再次回法院作證。王碩彥看著阿弟仔黯淡的神色，不曉得他招不招架得住檢察官等會兒的詢問，檢察官一定是有了新證據，才會傳喚他們。

阿弟仔知道，等會兒法院是要他們咬死奶瓶等人嗎？

「去開車啊，還愣著做什麼？」林木森嚷道，精神好得很。

王碩彥已無力再去恨這個沒有道德感的人了，他只要想到，他等會兒要親手送奶瓶進監獄，就十分失落。

他知道檢察官調閱了派出所的監視器，也有可能是林木森主動給的，那都是含錄音的。檢察官會根據錄音問道：「盧乃榆在影帶中表明要你協助蓋章，偽造虛偽之簽證，協助翁忠茂逃亡，是否為真？」

王碩彥能怎麼回答？想當時，奶瓶嗲聲嗲氣的要他幫忙蓋章，這些監視器都錄得一清二楚，影帶畫面擺在眼前時，他只能承認，證人是不能做偽證的。

這就是等會兒他們會面臨的狀況，王碩彥望著頹喪的阿弟仔等人，想像著奶瓶哭泣的樣子，他知道，是這個世界對不起他們，帶給他們太多冤屈。

「盧乃榆在影帶中表明要你協助蓋章，偽造虛偽之簽證，協助翁忠茂逃亡，是否為真？」一眨眼，他們就在地檢署了，檢察官還真的如王碩彥所料，如此問道。

「是。」王碩彥雙眼放空的回答，拋卻自己的思考能力。

問：「你是否有協助偽造虛偽之簽證。」

答：「沒有。」

問：「依據監視器畫面，當時你向盧乃榆說：『去找別人啦』，是否有教唆偽造文書之嫌？」

答：「我沒有那個意思，我只是單純覺得很煩，叫她走。」

問：「你是否見過盧乃榆請許家偉做虛偽之簽證？」

答：「沒有。」

問：「但根據監視器畫面，盧乃榆請許家偉做虛偽之簽證時，你就在場。」檢察官強勢的說道，指著錄影鏡頭，按圖說話。

這個許家偉就是阿弟仔，阿弟仔有蓋章，那時王碩彥在，王碩彥沒有阻止兩人，也沒有去關心兩人，對他來說，奶瓶每天都在找人幫忙蓋章，那天並無二致。

現在，他決定救一下阿弟仔，既然他幫不了奶瓶，至少幫阿弟仔說些好話，阿弟仔沒收錢或禮物，沒被所長騙，全身而退的機率很高。

於是他說：「我是有聽到一些話。」

「什麼話？」檢察官趕緊問。

「盧乃榆要許家偉幫忙蓋章，但許家偉不想蓋。」王碩彥說道，他知道這樣還不夠，便補充道：「所以盧乃榆就騙許家偉。」

「騙什麼？」檢察官越聽越疑惑，他現在的任務和目的，就是盡可能的將所有人送進牢裡，他需要更多證詞。

「騙說當時段嫌犯有來報到，只是值班人員忘了蓋章，所以請他代蓋，她說只要當天有上班，誰來蓋都沒問題。許家偉誤信她的意思，就蓋了。」王碩彥撒謊道。

「你現在是在告訴我，一個經國家考試通過，訓練合格的警察，連『轄區戒護人口簽到表』是什麼都搞不懂嗎？」檢察官發怒了，似乎察覺到王碩彥想幫阿弟仔脫困的意圖：「有看到嫌犯來報到才能蓋，連路邊的小狗都懂！」

「學校確實沒教『轄區戒護人口簽到表』，那是要出來工作才會懂的。」王碩彥不慌不忙的說道：「許家偉剛畢業不到一年，他確實沒接觸過該項業務。」

「那不代表他不識字，假釋犯的簽到表屬於最標準的公文冊，公務員對自己所有的官章都要負責任。」檢察官來勢洶洶的說。

「我說了，盧乃榆騙他，說當天嫌犯有來報到，只是值班員警沒蓋到，要身為學弟的他幫忙蓋。」王碩彥回答道，並指著監視器，現在換他看圖說故事了：「你沒看許家偉一開始拒絕、懷疑、推卻，不太想蓋嗎？他並沒有犯意，只是誤信盧乃榆的話術，認為當天幫學長蓋是沒問題的，也以為嫌犯當天有來報到。」

「這種事情可以用以為的嗎？」檢察官怒道：「有看到嫌犯就有看到，沒看到就沒看到。」

王碩彥知道自己佔上風了，對方想轉移焦點，便說：「我並沒有說許家偉有看到嫌犯報到。第一，我們都知道嫌犯未報到，當時已經逃亡了；第二，許家偉不知道嫌犯逃亡，也沒有要協助逃亡的意圖；第三，許家偉聽信盧乃榆的話，認為嫌犯確實有來報到，所以協助蓋章。印鑑代蓋，在法律上是可以的，當業務負責人不在場時，代辦人員可以協助管理，並沒有違法。」

「你……」檢察官面色鐵青。

「許家偉在主觀意識上認為嫌犯確實有報到，所以他沒有協助逃亡的意圖，他以為嫌犯有來，因此以代辦人員身分蓋章，也沒有偽造文書，就是這樣。」王碩彥簡單俐落的說道：「一切都是盧乃榆騙了他，他無故意之事實，你應該以『使公務員登載不實』來起訴盧乃榆，許家偉是無辜的。」

「不需要你來教我怎麼辦案！」檢察官大發雷霆的拍桌。

「記得把我的話全都寫在筆錄裡呀，錄音都有錄到喔。」王碩彥也沒在客氣的，開始反擊：「許家偉沒有收受任何賄賂或禮品沒錯吧？這點他也和另外兩人不一樣，已經足以證明他的清白，他就是被盧乃榆騙而已，既沒有違反『貪汙治罪條例』，也沒有違反『偽造文書』，偽造文書只處罰故意犯而已，不處罰過失犯。」

「我說了，不用你來指導我怎麼辦案！」眼看這案子又要放走一個嫌疑犯，檢察官壓力很大，立刻指著監視器說：「你剛剛講的，錄音完全沒有錄到，你再瞎掰啊？」

「檢座，我沒瞎掰，我所言的每字每句都是事實。」王碩彥早已注意到監視器這個敗點，便說：「錄音沒錄到，不代表沒發生過，你不是問我當時聽到了什麼嗎？我現在就說給你聽啊。」王碩彥指著監視器，繼續按圖說故事，他早已想好說詞：「你沒見盧乃榆叫許家偉蓋章，許家偉猶豫，兩人在那邊拖，後來聲音就很小了？」

「然後呢？」檢察官鼻孔瞪大的問。

王碩彥莞爾一笑，就賭監視器的音量夠小，小到送檢驗也驗不出說了什麼，便撒謊：「然後就是我剛剛講的那串了，盧乃榆就開始騙許家偉，讓他蓋章。」

「錄音沒錄到！」檢察官快氣炸了。

「因為盧乃榆要撒謊，她敢說很大聲嗎？他們兩個那麼小聲的嘰嘰喳喳，就是在騙！」王碩彥講道，說得好像真的似的，他一定要保住許家偉。

檢察官不得已又再回放一次監視器，盧乃榆去值班台找許家偉，先是說了一些能聽見的話，要他蓋章，接著就聽不清楚了，兩人拖拖拉拉一會兒後，許家偉就蓋章了，但不太情願。

以上，確實跟王碩彥講的有一定程度的相符，雖然也沒有錄音能證明王碩彥所說的話為真，但根據「無罪推定原則」，要起訴許家偉，前提是錄音要能證明他犯罪，而不是用錄音來證明他沒有犯罪。

檢察官氣得火冒三丈，在傳喚王碩彥之前，他還對這案子很有把握的，誰知做了筆錄後，許家偉似乎脫罪了，他已經找不到新證據來反駁王碩彥了，根據監視器，也沒有第四人可以提供證詞了。

「那剛才我問你『是否見過盧乃榆請許家偉做虛偽之簽證』，你還敢說沒有？」檢察官返回到筆錄第一頁，怒氣沖沖的問道。

「哦，我太緊張了，不小心說錯了，但，在還沒簽名具結以前，都是可以改的吧？」王碩彥從容的說道：「我改一下我的證詞，對，我確實有見到盧乃榆請許家偉做虛偽之簽證。」

「那看你還要再改什麼啊，編什麼故事啊？」檢察官憤怒喝水，翹著腳，受夠窩囊氣了。

「沒有了，檢座。」王碩彥恭敬的回答。

「讓他簽名具結。」檢察官翻白眼對書記官說道，不想再問下去了。

所謂的具結，就是證人做筆錄時，為自己言行負責的一種簽名保證，證人是不能說謊的，既已具結，倘若未來被查出說謊，會背負「偽證罪」的刑責。

而王碩彥，他確實做偽證了，剛才那些話都是他瞎掰的，他違法了。

他一離開拘留室，沒有絲毫高興，第一件事就是去找阿弟仔。

「喂，阿弟仔。」

「阿弟仔，你在哪？」

所長第一個做筆錄，王碩彥是第二個，第四個將輪到阿弟仔，王碩彥得搶在阿弟仔做筆錄之前，和他把證詞串通好，以免露餡。

王碩彥找到了阿弟仔，將他拖到廁所，鉅細靡遺的告訴他等會兒該怎麼說，哪邊千萬不能出錯，以及眼神要如何堅定，不能被懷疑。

阿弟仔並沒有很認真聽，這讓王碩彥匪夷所思，王碩彥可是找到了一個絕佳的漏洞在替他脫罪呀，他現在還在分心什麼呢？

「學長，所以我們是要做偽證，陷害奶瓶姊了是嗎？」阿弟仔抬頭問道，竟就這麼哭了。

「蛤？」王碩彥愣住，霎時無言以對。

「我們現在要串供，把罪都推到奶瓶姊身上，不是嗎？」阿弟仔咬著牙，越哭越憋不住：「為什麼是這樣？奶瓶姊沒有那樣對我說呀，我知道真實情況，我知道她要我幫忙呀。」

「阿弟仔，許家偉，冷靜，聽我說！」王碩彥趕緊扶住他的肩膀，強迫他面對自己，嚴肅且嚴厲的瞪著他：「奶瓶已經沒救了，她沒救了，你懂嗎？」

「但是你，你還有機會，你才二十歲，你可以無罪，可以不起訴的。」王碩彥小聲卻用力的說道：「這是你唯一的機會了，對，你就是要推到奶瓶身上，不然以這次的氛圍，法官絕對會用重刑判所有人。」

「但這是莫須有的罪名啊！」許家偉哭成嘶聲，臉皺成一團：「使公務員登載不實，為什麼奶瓶姊要承擔她沒做過的事情？」

「因為已經沒辦法了，我們要自保啊，我們！」王碩彥的臉也皺起來，他見許家偉優柔寡斷，十分著急：「我是在幫你啊，阿弟仔，你已經沒有後路了，你非得按照我說的做，不然你就會害我吃上『偽證罪』的官司！」

「蛤？」換成阿弟仔愣住，斗大的淚珠就這樣滑落。

「你要是證詞跟我不一樣，就換我出事了，我會以『偽證罪』被起訴！你一定要按照我說的做，明白嗎，你沒有選擇了！」見時間不多，王碩彥越說越激動，扯住阿弟仔的耳朵將他喚醒：「這就是警察！」

終於，換阿弟仔做筆錄了，王碩彥望著他那失去魂魄的背影，一拐一拐的走向偵訊室，自己心底好像也有什麼東西死了。

到底什麼是對的，什麼是錯的，他已經分辨不出來了。他捂著臉，陷入迷惑，一直以來他總以為自己聰明絕頂，黑白通吃，高人一等。現在，他只覺得自己和普通人無異，都是蠢的、都是壞的、都是悲哀的，他也沒有比誰強多少。

是他親手葬送了阿弟仔心裡對這份職業的最後憧憬，他讓他在法庭上說謊，校訓不是「誠」嗎？阿弟仔說過的。

他可以想見奶瓶將如何大哭，她沒有機會了，嫌疑人的辯駁在法庭上是無力的，都是狡辯。他和阿弟仔將聯手咬死她，給她加上一條新罪名，以換取阿弟仔的全身而退。

他們，他和阿弟仔，與林木森等人又有什麼差別呢？

奶瓶將恨他們一輩子，恨他、恨阿弟仔，就和恨林木森一樣多。王碩彥心中那團名為世道的晦暗映像，光又不見了，大家都站在黑暗處，誰都一樣。

全都一樣。

※　※　※

「李玉潔！」王碩彥一回到派出所，就激動的大喊。

所長不在，開完庭就不知溜哪去了，阿弟仔和其他同事，王碩彥也沒有在法院等他們，王碩彥直接回來了，馬上回來，急著回來。

「李玉潔！」他衝著空蕩蕩的志工台喊道，接著向值班問：「李玉潔呢？這時間他不是應該在上班嗎？人呢？」

值班被王碩彥瞪大的雙眼和語氣給嚇到了，顫抖的說：「在……在後面掃地……」

王碩彥立刻大步走向後台，李玉潔拿著掃帚愣在那裡，看王碩彥走來，還懷疑自己聽錯了，竟有人敢直呼自己的名字，還是王碩彥？

「李……」王碩彥情緒激動，一回想剛才在法庭的場景，整個人頓時軟了，竟紅了眼眶，跪下來了：「警政監，請你原諒我，求求你原諒我可以嗎？」

「現在是什麼狀況？」李玉潔扔掉掃把，抖著手，真的嚇壞了，踢著腳就要把王碩彥的手甩掉：「你中邪了是不是？」

「拜託你原諒我，你把那堆手機還給我！」王碩彥仰頭望著他，面容扭曲絕望：「求你了，還給我，你要多少錢我都給你。」

「你瘋了嗎，我哪可能……」李玉潔不樂意了，雖然驚嚇，但不至於失去理智。

「還給我！」王碩彥打斷他，緊抱著他的腿說道，淚濕在他的褲管上：「求求你，還給我，那支手機可以救多少人你知道嗎？還給我，還給我，還給我……」

王碩彥已經歇斯底里了，他甚至沒好好想過這件事，就已經做下去，向李玉潔開口、向李玉潔求饒。

那支金色的IPHONE或許可以救奶瓶，王碩彥是這樣想的，不只救奶瓶，也可以救全國上下所有被陷害的基層同仁。

價值九千萬元的IPHONE，肯定記錄了不少大官的違法證據，包括他們是如何教唆基層、陷害基層的，王碩彥需要那支手機，只要將田維漢、林木森等人揭發了，奶瓶的罪自然就輕了。

奶瓶是被設計的呀！是林木森設計她的呀！

「還給我，還給我，還給我……你要救救我們啊，警政監……」王碩彥已經失去了理智，連站都站不起來了。

「你這傢伙到底在胡說八道什麼，走開！走開！」李玉潔還是一臉驚嚇：「值班，快來幫我啊！」他朝前面喊道。

「你到底要什麼？你不就要我去坐牢而已嗎？那我就去坐牢啊！」王碩彥突然發狠起來，吼道：「反正大家都已經坐牢了，也不差我一個，你把手機交出來，我就如你所願！你把手機交出來！」

「他們坐牢那是他們自己不檢點……」

「什麼叫不檢點，你到底知不知道現在是什麼狀況？」王碩彥快瘋了，什麼翁泰案、什麼王春暉被調職，難道李玉潔都沒在關心嗎？這樣一個迷迷糊糊的人，究竟是如何做到警政監的？到現在還在狀況外，只會抱著一棵盆栽到處瞎晃！

「你知不知道你們這些吃人不吐骨頭的傢伙正在把人逼到地獄！你知不知道可能會有人自殺！」王碩彥一情急，站起來，揪住他的領子就罵道，鼻子都快貼到他臉上，涕淚縱橫：「你什麼都不知道，因為你就是一個老傻子而已，你就是一個老傻子……」

這回，王碩彥真的哭出來了，他拽著李玉潔的領子，哭得一場糊塗。

李玉潔被噴了滿臉的眼淚，也不敢有什麼動作，他睜大眼，舉著手，驚呆了，任王碩彥抓著他搖晃。

時間彷彿暫停了一樣，王碩彥哭著，李玉潔害怕著，而值班員警站在旁邊，也很害怕，霖光派出所，已經沒有一點派出所的樣子了。

李玉潔很快就逃走了，他被嚇掉了半條命，抱著盆栽連志工台都沒有整理，就一溜煙逃回家去了，下樓梯時還差點跌倒。

王碩彥坐在地上擦淚，值班乖乖站在一旁，不曉得該怎麼辦。

「剛才發生的事，一個字也不許講出去，知道嗎？」王碩彥語帶沙啞的交代道。

「我明白的，學長。」

「你保證，一個字也不能講出去。」

「我保證。」對方嚴肅的說。

王碩彥並不是怕丟臉，而是怕洩漏了祕密。現在隔牆有耳，翁泰集團的人無時無刻都在跟蹤他，他只要一醒來，都會先檢查身上有沒有竊聽器。

手機在李玉潔那裡，王碩彥必須保守這個祕密，否則手機絕對會被搶走的。他承認他是真的亂了陣腳，才會做出剛才那些出格的舉動。

現在，手機已經不僅僅是手機了，也不是九千萬，它是保命符，可以拯救無數基層員警，即使救不了奶瓶，也能救其他人。

只要能證明是上司威脅了下屬，是所長威脅了他們，判刑就會有差，即使只差一點點，也夠了。

他們已經揹了太久的黑鍋，是時候該來點反擊，讓真相大白了。

第十章

王碩彥才剛整理情緒沒多久，才想著要怎麼去向警政監賠罪，將手機拿到手，事情的發展就急轉直下。

調查局的人忽然來了，穿著制服，大陣仗的走進了霖光派出所，大約來了十多人。

不只值班嚇呆了，王碩彥也十分震驚。我國的調查局，有大半的業務都是在偵辦公務機關的貪瀆案件，他們會竊聽、會跟蹤、能申請搜索票、能調閱金流記錄，擁有極高的權限，堪稱是國家的錦衣衛。

公務員只要見到調查局的人，見到調查官，被約談，就知道自己完了，出事了，調查局就如同死神一般，是能將公務員送進地獄的存在。

雖然翁泰案當頭，調查官滿街跑，但現在一次來了十位，也著實讓人震驚。

「王碩彥在嗎？」對方的領頭一開口就問道。

值班木訥著，弱弱的看向王碩彥。

然後調查官們就知道了，他們也不客氣，拉著王碩彥，好像當自己家一樣，將王碩彥就請到後台去講話，也不叫所長來。
「我是廉政處的處長喔。」對方出示了他的證件，和王碩彥坐在沙發上，嘴巴湊過去，開門見山就直接問：「手機在哪裡？」
「蛤？什麼？」王碩彥裝傻，實則心臟都快跳出來了。
「我說，手機在哪裡？」處長微笑。
他們也不跟你玩假的，他們已經知道了，翁泰案還有一支手機存在，有「動搖國本」之可能，因此迅速的找上了王碩彥。
「什麼手機？」王碩彥繼續裝傻。
處長卻抓住了他的肩膀，捏得可用力了，眼神突然變犀利：「王警官，沒有時間了，快把手機交出來，這事情原本就跟你沒關係。」
「我說了，我不知道你在說什麼。」
「手機，交出來。」他的臉突然變得兇狠，好像惡魔一樣：「馬上！」
「我不知道。」
他推開了王碩彥的肩膀，哼的一聲站起，轉身就對部下命令道：「給我搜，快點！」
「什麼搜啊？這裡可是派出所，你們有搜索票嗎？」王碩彥驚慌失措。
「剛好有呢。」處長再次微笑，拿出了一張紙。

王碩彥看了看上面押印的日期時間，真是毫無天理了，這紙搜索票是馬上申請馬上通過的那種，連審都不帶審的，跟影印機印的沒兩樣，現在還有法律可言嗎？

調查官開始大陣仗的搜查霖光所，上回來搜索的是地檢署和警政署，這次是調查局，大家都對他們派出所很好奇。

王碩彥阻止不了，趕緊讓值班通知所長和分局長，這位處長的等級可是和分局長相當的，他都親自來了，還有誰能招架得住？

副所長和其他巡佐幹部被驚擾，紛紛下樓，但也無可奈何，只能乖乖配合搜索。在此，副所長是目前位階最高的幹部，但他還是一臉無所謂，彷彿天塌下來也沒他的事一樣，要搜隨便搜。

王碩彥有時候很佩服他，他就是王碩彥口中那種，能成功走到退休的警察。他不犯錯、不犯法、不做事、不求升遷、就領薪水、就放假，當所長的讀稿機，下班了就過自己的生活，啥也不管。

就這種將生死看淡的人，才有辦法走到最後，這種警察其實才是最聰明的警察。

調查官翻箱倒櫃的在派出所內肆意妄為，到處搜索，粗魯無比。他們專搜屬於王碩彥的東西，直接將公務櫃推倒，將床墊拆開，將抽屜一個一個拔出來，丟在地上，不收拾也不整理。

折騰了近一個小時，終於搜索完了，王碩彥的房間也毀了。基於有很多人在場，調查局處長也不好明說，只能湊到他耳邊，惡狠狠的警告：「勸你儘快把手機交出來，不然你會死得很難看。」

然後一群人就這樣大搖大擺離開了。

王碩彥傻眼，這威脅已經不是普通的威脅了，這是恐嚇吧？剛才來的真的是執法人員嗎？還是流氓？

「大家把東西整理一下呀。」副所長拍拍手，對眾人說道，彷彿沒發生過什麼事一樣：「該上班的回去上班唷。」

然後他就上樓泡茶去了。

大家也一哄而散，王碩彥感覺自己好像孤兒，沒人關心他，沒人問他怎麼了。但其實大家都知道剛才的搜索跟他有關，只不過現在大難當頭各自飛，人人都只能求自保，已經有五個警員被抓去關了，誰也不敢管誰的閒事。

「王碩彥呢？」所長忽然回來了，整整遲了調查局一個小時。

「那個，剛才調查局有來，已經請值班打電話給你了。」王碩彥解釋道，覺得好累。

「我知道。」所長直接打斷他，顴骨突出，臉色蒼白，表情忽然變得猙獰：「那支手機呢？」

他一點都不關心調查局的事，他現在急匆匆回來，就只為了問這件事。

「那支手機在哪裡，王碩彥？」他朝王碩彥邁進，直盯著他看，表情像餓鬼一樣。

「你……你怎麼也知道？」王碩彥不由自主的後退，這是他第一次對林木森感到害怕，很害怕。

「手機在哪裡？」林木森再次問道，已經把王碩彥逼到角落。

「你先說你是怎麼知道手機的？」

「我叫你把手機交出來！」林木森突然暴怒，破口大罵：「交出來！」

王碩彥嚇到了，眼前這個人已經失去理智了，也不曉得剛才是在哪裡受到了什麼刺激。

不過想想也是，那支手機如此重要，都有人願意出九千萬買了，連調查局都火速出動了，全天下的人現在都在找它，林木森沒有理由不知道。

「我叫你把手機交出來，王碩彥！」林木森直接揪住他的領子，歪著頭瞪他，眼珠子睜大：「你把手藏到哪裡去了？你不交出來，我們全部人都會死！」

「只有你會死！」王碩彥不知哪來的勇氣，反駁了，並推開林木森：「我沒有手機，什麼都沒有！」

他趕緊趁林木森沒反應過來，急速往地下室衝去，逃跑了。

「王碩彥，你給我站住！」

「給我回來！」

「值班，追啊，幹什麼？去把王碩彥給我抓住！」林木森在後方近似瘋狂的咆哮，且聲音也在接近：「給我滾回來！」

王碩彥嚇壞了，他得承認，他真的有生命危險了，調查局在找這支手機，警察局也在找這支手機，很快的，所有相關的部門都會來找這支手機，向他索命。

不管他們是從何得知手機祕密的，王碩彥都完蛋了。現在想想，手機被人知道，也是遲早的事而已，世界這麼大，翁明自己不說出去，也會有人查到它的存在，畢竟它攸關了三百位高官的生涯安全。

王碩彥趁林木森還沒追上來，騎上警車就逃走了，用最快速度遠離派出所。然後，他就後悔了，他不該騎警車的，太顯眼了。

嗡嗡嗡嗡，跑車的油門聲音傳來。

他一出派出所，立刻有兩台黑頭車發動引擎，跟著他，王碩彥不用看就知道，那是翁泰集團的人馬，他們也在追手機。

王碩彥一直騎，淨往小巷子鑽，但翁明竟也派出了騎機車的人，靈活俐落的尾隨著王碩彥，時速高達八十公里都沒在顧忌。

王碩彥忽然意識到，他們不是想要跟蹤他而已，他們竟然想抓住他，抓住一個身上帶槍的警察！媽的，他可是警察啊，竟然有人敢抓警察！

「承德、承德，勤區六四三呼叫。」王碩彥靈機一動，拿出腰帶上的對講機，向指揮中心通訊。

「承德回答。」無線電裡傳來回覆。

「和平東路二段，復興往信義方向有洞三案件，請火速派人支援，請求快打部隊支援，迅速到場。」王碩彥毫不猶豫的喊道。

所謂的「洞三案件」，就是擄人勒贖案，幾乎是層級最高的案件，整個分局的警力都要出動的。

「收到，請回報現場狀況。」無線電另一頭問道。

「歹徒兩台汽車，三台機車，人數不清，剛過復興南路，往三段方向前進。」王碩彥說道，將警笛打開，騎得更快了，因為他快被追上了。

「現場警力有幾人？追得到歹徒嗎？」指揮中心繼續問。

幹，王碩彥都不知道該怎麼講了，現場警力一人啊，只有他啊，而且不是他在追歹徒，是歹徒在追他啊！

「勤區六四三有聽到嗎？」指揮中心急了：「六四三、六四三，承德呼叫。」

「六四三、六四三，承德呼叫。」

王碩彥沒辦法拿無線電，因為對方已經追上來了。

為了給指揮中心確切的地址，他沒往小路鑽，而是騎回了大馬路上，結果使得那兩輛黑頭車直接就將他包住，一左一右，馬上就要把他給夾起來。

王碩彥冒險開警笛闖紅燈，他們竟然也跟著闖，而且他們的車太好了，速度不是他這台破機車能比的，他們那是跑車等級的豪車。

「六四三、六四三，承德呼叫。」

「六四三、六四三，承德呼叫。」

「回答！」王碩彥大聲的說：「我已經快陣亡了，還不快點派人來！」

十秒後，遠方傳來警笛聲，有無數本轄與他轄的警察，騎著警車，閃爍著紅藍鳴笛奔馳過來了，細看大約有五十人以上，將空氣都弄沸騰了。

王碩彥有股淚潸然而下的感動，他加快速度朝他們騎去，而從四面八方，也有越來越多的警力加入戰局，少說也超過一百名。

他們警察就不是省油的燈！從王碩彥請求支援到現在，也不過才一分多鐘而已，上百名的警力就集結起來了。

翁泰集團的黑頭車見苗頭不對，停了下來，綠燈亮了也不走，就這樣停在路中間，等著被抓，因為他們也逃不了。

相反的，騎機車的歹徒立馬就逃光了，而王碩彥也沒有要追、或是記車號的意思，根本沒有記的必要。對方不是誰，對方就是翁泰集團，要的就是他的手機和他的命，甚至連警界高層都要他的命，他現在要做的就是逃跑。

「學長，你沒事吧，被害人呢？」混亂之中，某位同仁問道。

大量的警力包圍了黑頭車，逮捕司機和他的同夥，卻未在車上看到有被綁架的人。

「被騎機車的帶走了。」王碩彥隨口亂掰，離黑頭車離得很遠，將自己混雜在跟他穿一樣制服的警察之中，思考著自己該何去何從。

他真的不知道要去哪裡，他死定了。

他不能回派出所，林木森在那裡等他，他也不能回家，肯定有誰已經布好了埋伏，準備抓他。

那他還能去哪裡？

「學長，你還好嗎？」戴著安全帽的同仁搖了搖他，再次問道。

「我……」

王碩彥看著他，忽然發現自己不能脫下制服，現在穿著警察制服，才是他最安全的狀態，他只要一變成平民就死定了。

「你是從哪裡過來支援的呢？」王碩彥問道，對方並不是台北市的警員，而是從新北市被派來幫忙的。

「深坑。」對方回答道：「聽到是洞三案件，就趕快從木柵繞過來了。」

深坑？

王碩彥想了一下，深坑屬於新北市的轄區，雖然不知道分局長是誰、所長是誰、局長換成誰，但眼下之際，他只能先逃到深坑去，繼續待在台北市鐵定是死，他得先到一個沒人認識他的地方。

「學長，我尿急，你們深坑可以借個廁所嗎？」王碩彥說道，並刻意扭腳演了一下。

「蛤？」對方被他給弄糊塗了：「尿急？」

尿急怎麼會跑到深坑去上呢？回自己派出所不就好了嗎？

而且現在黑頭車被抓住了，不是你們要處理嗎？尿急是怎樣？對方心裡想道。

「唉唷，真的快尿出來了。」王碩彥扭著屁股，見那些歹徒被壓在地上，都惡狠狠的瞪著他看，真的已經沒辦法了，他直接就坐上了同仁的警車後座。

「哎，學長你幹嘛？」對方更加納悶。

「我真的很急，你快點載我去深坑，拜託你，我等一下再跟你解釋。」王碩彥替他發動了引擎，著急的催促，還真的把對方給唬出發了。

對方跟阿弟仔差不多大，可能也就二十出頭歲而已，莫名其妙的載著王碩彥，就往自己派出所的方向騎去。兩人丟下一片狼藉的現場，丟下黑頭車就揚長而去，好笑的是，其他人也都在狀況外，對王碩彥的離開沒任何想法。

一百多名警察就這麼站在原地，壓制歹徒的繼續壓制歹徒，守候的繼續守候，等待上級指示，沒多少人知道這其實是王碩彥請求的支援。

「學長……」

「噓，不要說話！」

「學長……」

「噓！」

中途對方一直想要停下來，一直很納悶，但王碩彥都馬上制止他，打斷他的思緒。

王碩彥很佩服自己的機智，他丟下了自己的機車，讓別人載是有原因的，第一個是要擺脫追蹤，第二個則是不敢自己一人騎車，有個同伴在身邊，他會安全很多。

他也將無線電關掉了，不理會原單位的呼叫。

「不對啊，學長，到底為什麼要去我們派出所上廁所？」對方終於停下來了，一整個苦瓜臉，很奇怪：「你到底是誰？你真的是警察嗎？」

「你看我穿制服，拿無線電，我不是警察？」王碩彥戳了他一下：「繼續騎，快點。」

「不是啊，很奇怪啊。」對方都快哭出來了。

熬呀熬的，終於，他順利逃到深坑來了，說近其實不近，有快二十分鐘的車程，剛才這位同仁是恰巧在台北與新北的邊界巡邏，才能迅速抵達支援。

王碩彥坐著這位同事的機車，到達了他們派出所的停車棚。這派出所很小，大概只有十五人編制，王碩彥不敢進所，就先在外面徘徊。

「學長，你幹嘛，不是尿急？」對方疑惑的問道。

「噓，你過來一下，我跟你講個祕密。」

「蛤？什麼祕密？」

「其實我，」王碩彥努力的想著，他甚至到現在還沒想好說詞：「有那個……」

「哪個？」對方皺緊眉頭，聽得比他還急。

「就……」

「就？」

「就，我其實是想要大號！」王碩彥實在想不到什麼理由了，最後他想到，他完全可以躲在廁所，於是話說完就快步往他們派出所內走去，用最快的速度辨認出廁所的位置，低著頭，不引起任何人的注意，直接就衝進馬桶間，鎖上門。

「學長？」那個學弟的腳步聲隨後在門外響起，嘴裡說著真的很奇怪，等了一會兒才走。但所幸，沒有引起其他人的注意，只有他知道王碩彥的存在。

王碩彥滿身大汗，直到此刻才鬆了一口氣，他成功逃離了台北市，從一堆警察之中逃出翁泰集團的魔爪，躲到一個暫時安全的地方來。

但王碩彥沒有太多餘裕，他的時間太少了，狀況太緊迫了。他坐在馬桶上，抱著頭，花了兩分鐘才釐清自己現在的處境。

現在，全世界都在找他，公、檢、警、調、法，公部門、地檢署、警察局、調查局、司法院，大家都在找他，大家都要那支手機，翁泰集團也在找他，到處都是敵人。

不幸中的大幸是，他們抓到他也沒用，沒人知道手機真正的下落，只有他知道，手機在李玉潔那裡。沒想到當初的悔恨，竟成了如今的慶幸，以李玉潔的個性，在和王碩彥對簿公堂之前，他是不會將手機的祕密說出去的，而且李玉潔又是警界的邊緣人，根本沒人會搭理他。

好險，手機是在李玉潔那裡！

「學長，你好了沒呀？」那位學弟的聲音又響起，在外面走動，忐忑不安，懷疑著王碩彥的身分。

「你叫什麼名字？」王碩彥問道。

「蛤？」

「我問你叫什麼名字？」王碩彥說，並報出自己的警校屆別：「我是三十一期的，王碩彥。」

「我……四十二期，李啟陽。」對方弱弱的說道。

「哇，整整小我十一歲。」王碩彥感嘆道，然後打開門，露出一條縫，用一隻眼睛盯著他看：「你相信我嗎？」

「蛤？」

「我問你相不相信我。」

「相信什麼的，就很奇怪……」李啟陽苦著臉。

「你過來。」王碩彥朝他招手：「放心，裡面沒有大便。」

結果李啟陽一走近，王碩彥就將他拉進廁所，門關上。

「學長，你幹嘛！」對方大吃一驚。

「噓！我現在要跟你講一件很重要的事，你學長我，走投無路了。」王碩彥盯著他的眼睛，別無他法了，只剩下眼前這個人能幫忙了：「你們局長是誰？」

「啥？局長？」李啟陽腦袋越來越暈，被逼著和王碩彥一起蹲在這窄小的廁所：「為什麼一直問奇怪的問題？」

「新北的局長叫什麼名字，快點告訴我，快點快點！」

王碩彥打算將手機交出去了，一直藏在李玉潔那裡也不是辦法，紙終究是包不住火的，他得將手機交給一個可靠的人，讓他來揭穿這場司法醜聞。

「局長叫黃尚賢呀。」李啟陽回答。

「黃尚賢，他是怎麼樣的人？哪個黨的？」

「什麼哪個黨的？」

「民〇黨、國〇黨，警察也有分黨派。」王碩彥不耐煩的解釋道，他得迅速找到一個權力夠大，且值得信任的人，讓他來保管手機。

「我不知道欸，他才剛調來，因為賄賂案的關係，大家的局長都換了……」李啟陽不明就裡的說著：「我跟他也不熟。」

王碩彥真的白眼快翻到後腦杓去，他勾搭誰不行，偏偏勾搭到一個比阿弟仔還菜的菜鳥。

「不過這個局長人還滿好的，剛上任就到我們派出所跟大家握手。」李啟陽點點頭說道：「啊就昨天的事情而已呀。」

「他的名字有在死亡名單上面嗎？」王碩彥問道。

「什麼死亡名單？」李啟陽一臉木然。

「翁泰的那本死亡筆記本吶。」王碩彥沒好氣的說道：「名字有沒有在上面，有沒有受過賄賂。」

「哦，沒有吧？」李啟陽思索著回答：「假如有的話，就不會被調來當局長了呀？」

他還真是一語驚醒夢中人！

是呀，名字在筆記本上的人都被拔官了，怎可能還被提拔成局長呢？

但這也不能代表所有的新局長就能被信任，像他們台北市的新局長，江卿，他就不是什麼好人，但也成了局長，只因為他沒有那麼貪腐，剛好名字沒被寫在日記上而已。

王碩彥想了又想，愈發混亂、愈發著急，真的不知道該將手機交給誰。反正不管交給誰，手機最後一定要被送到總統手上，那才能真正的結束所有事情，撤查這些高官。

王碩彥也有想過，總統又真的是好人嗎？總統的震怒是真的震怒嗎？還是只是做做樣子，總統本身也是利益集團的一分子？

但他別無選擇了，他只能選擇相信總統，和那些以她為主的國安局人員。要把手機親自交給國安局或是總統，是有困難的，王碩彥沒有門路，他是警察，還是得透過警方的管道，聯繫到國安局那邊，他還是需要一位可靠的長官來幫他。

「學長，我可以走了嗎……」李啟陽問道，有點放棄掙扎了：「你可以慢慢上廁所。」

「等等。」王碩彥拉住他：「你把黃尚賢的電話給我。」

「什麼？」李啟陽愣住。

「黃尚賢，你說的局長，把局長室的電話給我，你現在去你們值班台查，桌墊上就有電話。」王碩彥趕緊說，將李啟陽推了一把，就將他推出廁所。

李啟陽走出去，磨蹭了老半天，才把王碩彥想要的資訊帶過來。

王碩彥向李啟陽借手機，用他的號碼播出去，播警察用的內碼直接播進局長室分機：

「局長室你好。」電話另一頭傳來助理的聲音。

「我找黃尚賢局長。」王碩彥回答。

「您哪裡？」

「金山分局警務正，有緊急的事要找局長。」王碩彥隨口胡謅了一個新北市分局的職務。

「什麼事？您貴姓？」對方機械式的問道，一面記錄著。

「告訴他我是王碩彥。」王碩彥直接不演了，語氣僵硬的說道：「我說了，有很緊急的事情，你現在進他的辦公室，跟他說王碩彥找他。」

「局長現在不在處室喔。」對方漫不經心的說道，根本不在乎王碩彥口中的緊急。

「那你打電話給他，馬上，你知道翁泰案吧？」王碩彥豁出去了，他真的沒時間了：「你告訴他，火就要燒到他身上了，馬上跟我聯絡！」

這話讓秘書遲疑了，沒過幾秒，就有人來接電話了，聲音一響起，王碩彥就知道對方是黃尚賢，秘書剛剛還騙人，說局長不在。

「你就是王碩彥？」黃尚賢劈頭就來這一句。

然後王碩彥立刻就把電話給掛了，掛斷，結束，就這麼簡單。

「蛤？學長你在幹嘛？好不容易接通，怎麼不講了？」一直在幫旁邊觀察的李啟陽問道。

王碩彥沒時間跟他解釋，只是將他又推出廁所，催促著他去找更多通訊名單。

事情是這樣子的，既然黃尚賢知道有他王碩彥的存在，就代表他也是利益集團的一分子，是壞人，所以測試結束了，新北市的局長不合格，淘汰！

接著，王碩彥拿著李啟陽找來的最新局長名錄，依序將各大縣市的局長電話都打了一遍，甚至也打了督察長室、副局長室。結果卻令他心寒，每個人都知道王碩彥是誰，每個人一聽到他自稱王碩彥，都變得畢恭畢敬，極盡可能要套出他的下落，但王碩彥都直接掛斷。

他陷入絕望之中，一夕之間他竟成了名人，所有的大警官都知道他的名字，都在找他，「有個王碩彥手上有一支要命的手機」，成了現在警界的頭號大事。

而這也代表了，根本沒有誰是清白的，總統革除了一批局長，換上了一批新局長，但不管誰上誰下都沒用，這些人都是一樣的面孔，都屬於同一批利益集團。

王碩彥也試著想打入國安局或總統府，但他沒有內線電話，以一個民眾的身分，即使自稱警察，要想和高層人士聯絡上，根本是癡人說夢。

「學長，你有想過民意代表嗎？」此時，一直在旁邊幫忙的李啟陽出聲了。

民意代表？

對喔，王碩彥都漏了這一點，議員或立委等等民意代表也未嘗是一個好方法呀！可是，他對民意代表不熟，而且這些民意代表，有不少人也被寫在翁泰的筆記本中，他要如何得知誰才是好的，誰又是壞的呢？

他想讓李啟陽拿立法委員的名單過來，可輾轉又作罷，他太陌生了，根本不認識誰，而且立委有一百一十三人，這樣太費工夫了，行不通的，他的時間已經不多了，追殺他的人隨時會找到他。

「媒體呢？記者？」李啟陽又幫出了主意。

王碩彥抬頭看向他，那認真的表情，還有和他一起蹲著的模樣，忽然間，讓他出神了好幾秒。

這些學弟，都是一樣的憨厚、一樣的天真可愛，他們往往不知道學長們在做什麼，在忙什麼，往往不知道這個世界有多大。但是，他們不會問，也不敢去打擾，他們只會默默幫忙，一直幫忙，即使不知道自己在幫什麼，也是百分之百的信任著學長，只知道學長在做很重要的事情。

這是學校唯一教會他們的，也是學校不可避免所傷害他們的，「服從」兩個字，不曉得讓多少初生之犢進了監獄。

「你提到了一個好點子。」王碩彥對他露出微笑，彷彿看見了曙光：「我想到一個好方法了。」

「真的？」李啟陽也露出笑容，能幫到學長真是太好了，即使他現在還是一頭霧水，連學長為什麼會和他一起蹲在這個廁所都不知道。

王碩彥話不多說，開了自己的手機通訊錄查詢，然後就用李啟陽的手機播出去。他的手機現在被監聽，不能做任何通話，而他聯絡的不是誰，正是里長，家裡開賭場的那個里長。

踏破鐵鞋無覓處，驀然回首，答案就在眼前呀！里長不是有兩個議員兒子嗎？台北市議員，說大，權力也是很大的，要聯絡上總統不是問題。

王碩彥對里長的兒子不熟，也沒有把握，但他對里長很熟，知道里長的性子，一根腸子通屁股。翁泰案跟他們家應該是無關的，王碩彥跟他聊過這件事，里長毫無興趣，也不關心，只是氣憤家裡的賭場被抄，罵警察沒有道義。

「喂，里長，里長，里長。」見播通了電話，王碩彥的情緒激動起來。

「誰啊？」里長滿嘴檳榔的回答，對這陌生號碼不熟。

「我啊，阿鹽啦，阿鹽！」

「鹽仔喔，哦呵呵呵呵，啊你是死了喔？怎麼都沒消息？」里長笑咯咯的問道：「我這邊又開張了欸，什麼時候要來打牌？」

王碩彥沒時間跟他囉嗦些有的沒的：「你兒子電話給我好嗎？兩個的兒子電話都給我。」

「安抓？」

「給我就對了，很急，里長。」王碩彥不曉得該怎麼解釋：「我要出事了。」

里長見狀，收起了笑意，也不再嚼檳榔，嚴肅的找了一會兒後，就將兩個議員的私人電話唸給王碩彥聽，最後再關心一下：「你卡保重欸，我不要以後看不到你喔。」

「我會。」

就這樣，兩人很有默契的結束了通話，也沒有問發生了什麼事。

王碩彥馬上播給議員，一樣用李啟陽的手機，而此時，他的時間即將告罄。他忘記了他的手機只要開機就會被追蹤，就算沒播電話，警察局也能利用定位系統找到他的位置。

外頭的聲音逐漸吵雜起來，有許多人踏進了這個小小的派出所，王碩彥面色大變，他捂住李啟陽的嘴，要他不要說話，然後悄聲的用手機與議員通話，兩人蜷縮在廁所的最角落，連門下的縫隙都不敢露出影子。

「給我搜！」外面傳來大聲響。

敵人終於來了，追到了深坑來，陣仗很大，並不是調查局或是翁泰集團，聽著那無線電的聲音，王碩彥知道外面的人是警察，是警察在抓警察。

對方人數眾多，撲天蓋地的在找王碩彥，李啟陽滿臉驚恐，無所適從。而他們終究還是被抓到了，畢竟就躲在一樓而已，廁所門先是被敲了幾下，王碩彥和李啟陽都沒回應，接著就是砰的一聲，對方直接踹開了門。

外頭站著五位穿制服的刑警，是刑事警察局的人。

「呃，嗨？」王碩彥尷尬的朝他們揮手。

「找到了，在這裡！」領頭的人高喊。

王碩彥和李啟陽被帶了出去，一離開廁所，王碩彥就被帶往二樓，而李啟陽則直接被踢到一旁，沒他的事了。至於該派出所的所長，則呆呆的站在門口，不清楚發生了什麼事，只能任由對方胡來。

刑事警察局出動了將近三十人，門外都是警車，王碩彥直接被他們頭子給帶進了所長室，鎖上門，關上窗戶，搜身，王碩彥的手機直接被沒收檢查，但好在王碩彥已經關機了。

「報告，沒找到。」搜身的人摸遍了王碩彥的全身上下，然後說道。

此時，站在窗邊耐心等候的那個刑事局頭子這才轉過身來，直視王碩彥問道：「手機在哪裡？」一樣是這句話，每個人都像貪婪的餓鬼一樣，來索命。

「不在我身上，你們剛剛搜過了。」王碩彥回答。

「你藏在哪裡？」

「不知道。」

「我再問一次，你藏在哪裡？」對方嚴厲的問道。

為了一支手機，公、檢、警、調、法傾巢而出，王碩彥這才注意到，他眼前這個人是刑事警察局的副局長，官階三線二星，跟督察長是同等級的。

副局長都親自帶兵追到這裡來了，王碩彥清楚，自己很有可能會被打死在這個房間裡。

「你不交出來，會有很多人出意外，你也會出意外。」副局長輕描淡寫的說道，聲音如同一條能割斷喉嚨的細弦，他繞著王碩彥轉了一圈，觀察他：「其他人給你什麼好處？」

「什麼？」王碩彥疑惑道。

「翁泰集團的人給你什麼好處？」他問道。

就這番話，讓事情的複雜程度再升一級，原來王碩彥的敵人並不是都站在一塊的，至少以副局長剛才的話來判斷，翁泰集團並未和警界合作，他們想自己拿回手機。

這是可以理解的，商人畢竟是商人，和官場的勢力有所區分。翁明只要拿回那支手機就能為所欲為，可以用手機來威脅其他高官，或者在自己出事時，利用手機轉為汙點證人。

公、檢、警、調、法比較想摧毀手機自保，而翁明可能想保留手機。倘若公、檢、警、調、法這五股勢力又有自己各自的打算，那就變得更複雜了。

王碩彥不願想那麼多，就姑且還是分成兩股勢力就好：一股要他的命，另一股能救他的命，將手機的祕密公諸於世。

「九千萬。」王碩彥脫口而出了，反正他也沒什麼不能說的：「翁泰建設要給我九千萬。」

副局長笑了：「九千萬？」

「怎樣，你覺得不多嗎？」王碩彥反問，官跟商還是有差的，為官者掌有權力，但不可能拿得出九千萬來。而你要翁泰建設拿出九億，說不定都有可能。

「你有命花那九千萬嗎？」副局長說道，在王碩彥眼前坐了下來：「你將整個警界出賣了，你覺得你有活命的機會？還是你要出國？」

王碩彥不說話，他根本沒貪圖過那九千萬，他想要的，在他腦海裡刻的最深的，只不過是奶瓶和阿弟仔哭泣的臉龐罷了。

「如果我說服不了你，沒關係，有個人想跟你講話。」副局長忽然說道，並拿出自己的手機，擺在桌上：「你坐下來。」

王碩彥自己沒動，就被身後的人給壓在椅子上了。

「這是當前警界權力最大的人，你和他好好聊聊。」副局長翹起腳，播通了手機，並開擴音，讓所有人聽得見：「注意你的言詞，聽見沒有？」他朝王碩彥警告。

電話接通的瞬間，王碩彥原以為對方會是警政署長，沒想到聽見的，卻是一個他熟悉無比的聲音，每次上警察局開會都會聽到的聲音。

王春暉的聲音。

「碩彥啊，這幾天過得還好嗎？」王春暉問道，雄厚的聲音傳遍整個房間。

王碩彥不由自主的想起那張猶如雄獅的面孔，和銳利的雙目：「還、還好……」他結巴的回答。

「你可給我們帶來了大麻煩啊，那支手機。」王春暉說道，語氣從容，彷彿正在品嚐紅茶：「你想要什麼，說出來無妨，九千萬不是個事，我弄給你就是了。」

王碩彥傻住，表情僵硬，九千萬他剛剛才說而已，並沒告訴王春暉，怎麼王春暉馬上就知道了？

原來這房間有錄音，王春暉一直在聽他們說話。

「順便幫你弄進官校，有興趣嗎？」王春暉提出更多籌碼：「警大校長是我學弟，以你的資歷和功獎積分，筆試你隨便考，我會幫你弄過的，然後直接調進警政署。」

「……還有嗎？」王碩彥怔怔的問道，他不是貪婪，只是想知道這人還有多大的本事。

「呵呵呵，這樣問，有意思嗎？」王春暉也是老謀深算，沒有被王碩彥給牽著鼻子走，便改了個話題：「不然別當官了，你有九千萬就夠了不是嗎？當官有什麼趣味？我幫你弄出國吧，家人弟妹都帶出去，只要你想清楚，外交部、移民署，整個國家都會幫你的。」

「盧乃榆。」王碩彥忽然提起奶瓶的名字，打亂了整個氛圍。

電話另一頭無反應。

「許家偉。」王碩彥再提起另一個人。

「什麼？」王春暉不懂。

「許碩宏。」王碩彥再說。

副局長按捺不住了，指著王碩彥的鼻子就一通無聲威嚇，讓他別亂說話。

王碩彥不理他，只是冷冷的對著電話另一端的王春暉說：「這些名字，你連聽都沒聽過是吧？」

「他們是誰？」

「不是誰，連當你的墊腳石都不配罷了。」

「你要什麼，王碩彥？」王春暉的耐性似乎已用盡，他是刑警出身，幾番談話下來已經摸清王碩彥不要錢也不要官位：「你要是不把那支手機交出來，全部的人都會死你知道嗎？」

「那基層已經死在監獄了你知道嗎！」王碩彥忽然吼道，一滴憤怒的淚水就從眼角流下。現場一片鴉雀無聲，副局長被嚇得退了一步，椅子都挪歪了。

「你問我要什麼，我要正義、真相和公平！」王碩彥對著王春暉喊道：「這是你給不了的。」

「你自己又有多正義，多真相和多公平？」王春暉立刻反擊：「你有臉說出這些話嗎？王碩彥，我們對你一清二楚，手機丟在水溝這種事，難道就是你所謂的正義？」

「我至少不會把人害進監獄裡，踩著別人的頭顱往上爬。」王碩彥不甘示弱，他沒有什麼辮子好讓對方抓的：「我做著我警察的工作，我養線人，又怎樣？我沒有害到誰，這就是我為人處世的方法，你們不一樣，你們吃人血肉，連骨頭都要嚼下去。」

「你夠了。」副局長不高興了，制止王碩彥繼續無禮。

「讓他繼續說。」王春暉卻說道，並譏諷道：「我們來聽聽基層的聲音，展現我們仁民愛物的一面。」

「林木森、田維漢，你的部下沒一個是好東西，你也是這樣上來的吧？」王碩彥將陣子的不滿全都吐露出來：「你讓一個二十多歲的年輕人，剛出社會就面對牢獄之災，得親手送教導自己的學姊入地獄，你心裡難道連一點愧疚都沒有嗎？」

「我完全不清楚呢。」王春暉淡然的說道，彷彿還聽得見一絲得意。

王碩彥感覺氣氛變了，變得很奇怪，他不知道是哪裡不一樣了。

「要是沒有翁泰案，你們這些人不知道還要囂張多久！」王碩彥繼續抒發憤怒：「要是沒有翁泰案，你們繼續當局長，關說的關說，縱放逃犯的縱放，還讓基層警員作假，協助有錢人逃亡！」

「還有嗎？」王春暉問道。

「你……」

「再繼續說啊，我們在聽你講話呢。」王春暉哼笑了幾聲，帶著由上往下俯視的鄙夷感：「螻蟻就是螻蟻，思維還停留在小學階段。」

「你說什麼！」

「我說你們這些人，沒本事考進官校，就老老實實的待在底層，有錯嗎？」他笑道：「非得整出這些有的沒有，令人傷神。」

氣氛真的變了，王春暉已經不怕他，也不討好他了，好像也不要手機了，這是怎麼回事？

「承漢，你稍微跟那邊所長解釋一下，安撫安撫，然後就可以收隊回去了。」王春暉喊著副局長的名字，突然不再與王碩彥講話了：「記得把王碩彥的手機扣走，裡面可能有不利於我們的東西。」

「遵命。」副局長趕緊回應，並疑惑的問：「那手機……」

「不需要了。」王春暉說道，接著就掛斷了電話。

嘟嘟嘟……

嘟嘟嘟……

眾人傻眼，這是怎麼回事？

「喂，不是啊。」王碩彥嚇得臉色蒼白，對著手機喊道：「你不是要手機嗎？怎麼掛了？喂！」

「閉嘴，你已經聽到他的話了。」副局長不屑的說道，蠻橫的將王碩彥的臉掰開，拿回自己的手機：「滾一邊去！」

「你這混蛋！」王碩彥罵道。

「你們，稍微檢查一下，收拾一下，然後收隊。」他無視王碩彥，向部屬喊道。

「遵命。」

「不是啊，喂，不是啊！」王碩彥急了，前一秒他還是全世界的焦點，現在怎麼忽然被冷落了：「你們不要手機了嗎？不要了嗎？」

「局長說不用就是不用了。」副局長冷冷的說道，還是尊稱已被拔官的王春暉為局長：「你自己好自為之。」

然後，就沒有然後了。

他們竟然丟下他，開車走了，一群人浩浩蕩蕩的離開了這個小派出所。

不對啊，剛才不是還出動了一群人在找他嗎？現在是怎麼回事？難道手機找到了？

「……」王碩彥傻住。

沒錯，該不會手機已經被找到了吧？但……怎麼可能？是李玉潔說出去的嗎？

王碩彥癱坐在椅子上，無所適從，其實經過這半年來的相處，他對李玉潔的個性已經瞭若指掌了。他知道李玉潔是個好人，雖然機車，雖然無能，但是是個好人。

李玉潔自命清高，有超高的道德標準，犯法的事是不會做的，連翁泰案他都在狀況外，名字更不可能會在筆記本上。

最重要的是，王碩彥覺得李玉潔最後並不會告他，雖然他打破了他的盆栽，他也一直嚷著要把他告到死，但他就是覺得，李玉潔最後會和他和解的。

在這個前提下，李玉潔將那堆手機交出去的可能性也不高，李玉潔愛面子，不喜歡當壞人，更害怕被討厭。他搞王碩彥，不過是要王碩彥甘拜下風、對他臣服而已，要是將手機交出去，王碩彥鐵定和他沒完沒了。

所以，應該也不會是李玉潔洩漏了手機的祕密才對。

那會是誰？

「……」

「……」

「……」

王碩彥想著想著，心情彷彿墜入了黑洞之中。

還能是誰？還能剩下誰？不就是他剛剛在廁所通話的，里長的兒子嗎？

他不是沒想過里長的議員兒子會出賣他，但他真的已經走投無路了，才會找他們幫忙，結果，原來他們都是一夥的，王碩彥被背叛了。

被出賣的速度之快也超乎他的想像，幾乎是在他講完祕密的瞬間，議員就轉手將手機的所在地透露給政府高層了，否則刑事局哪能這麼快撤退，哪有那麼巧的！

這世界全都是黑色的，所有人都是一夥的，都是共犯結構，沒有白的。

「李……李啟陽。」王碩彥呼喚了那個學弟的名字。

此時這派出所的所有人都站在外面窺看，看王碩彥坐在所長桌，沒人敢進來，連所長本人也不敢進來，只是在那探頭探腦，害怕得很。

「李啟陽。」王碩彥又再喊了一次。

「是，學長！」李啟陽趕緊回應，並踏入房間。

「你載我回台北市，可以嗎？」王碩彥請求道。

「蛤？」李啟陽陷入遲疑，轉頭看向他的所長。

「你……你是誰啊？」所長衝著他問了一句，又畏懼的後退：「剛才那群人又是誰？刑事局的為什麼跑來？」

「說來話長，所長，你人借我用一下好嗎？事態緊急。」王碩彥說道，他得馬上去找李玉潔才行，現在國家機器已經全面啟動，去找李玉潔了。

「為什麼要借你用？你到底是誰？」所長依然問。

「借我就對了，麻煩了。」王碩彥拉住李啟陽，擠過眾人就往樓下走。

他現在真的需要幫助，國難當頭，瓦釜雷鳴，其他人他都不熟，只有李啟陽和他在廁所相處了半個小時，再菜鳥也只能用他了。

「喂，你們要去哪裡啊？」

「說清楚啊！」所長嚷道。

但已經來不及了，王碩彥帶上李啟陽，騎著機車就往台北市駛去。

他需要一台機車，也需要一個人壯膽，這次是他載李啟陽，李啟陽坐後座，跟著他恍恍惚惚的又踏上了返回台北市的道路。

翁泰建設的人又出現了，但這次只有一台黑頭車，不帶威脅性的跟在後面，只有追蹤性質。想必他們也得知了消息，知道手機在李玉潔手上，所以主要人馬也去找李玉潔了。

老天保佑，希望那個快七十歲的傻警政監能招架得住這些豺狼虎豹，撐到他趕到。

第十一章

當王碩彥衝回台北市大安區時，李玉潔的家門口樓下，已經停了將近有十台車。李玉潔住在一棟普通公寓中，離霖光派出所僅有幾百公尺，門口的車那可是琳琅滿目，應有盡有；戴紅圓燈的地檢署車、四輪傳動的保安大隊車、法務部的執勤車、印有司法院官印的公務車、調查局的便服車、北市府的局處專車，大夥兒都到了，車都亂停，目無法紀。

王碩彥沒去過李玉潔的家，但對這棟大樓結構很清楚，因為這裡以前曾是他的管區。他帶著李啟陽從後樓梯走路上去，沿途謹慎小心，屏息聆聽著聲音。

到了十樓，李玉潔的住處時，一切終於變得熱鬧了，透過樓梯防火門的門縫，可以見到有五、六位便服人員站在走廊上，他們都來自不同單位，而李玉潔家的門並沒關，聲音從客廳裡傳出來，一清二楚。

這次各大機關的出動都是輕便從簡，雖然樓下停了那麼多台車，但都只有一位重要首長帶著一個隨扈而已，並不如王碩彥想的那樣，李玉潔遭到一堆彪形大漢給劫持。

大官們正在屋子裡和李玉潔愉快談話，這角度能看到的人並不多，但足以判斷全貌。每個機關派出一人，大概也就六、七個人而已，大概是怕嚇到李玉潔，所以才這麼做，盡量派出了最少的人。全世界都知道李玉潔是個傻瓜，只要用話術騙騙，他就會將手機交出來了，不需用到暴力。

王碩彥沒時間猶豫了。

「來。」他將安全帽脫下，也叫李啟陽把安全帽脫下。

原本為了安全起見，他打算用安全帽當頭盔，但現在見氣氛融洽，便不需要了。

「把制服也脫下來，槍放後腰帶，無線電關掉。」王碩彥說道，和李啟陽在樓梯間裡週轉整裝。

「你有帶密錄器嗎？」他向李啟陽問道。

「有。」

「現在打開，藏起來錄，放在釦子口袋這裡。」王碩彥伸手替他擺放，熟練俐落，還是他這老警察經驗豐富：「等等我進去，你什麼也別說，就跟著我就好了。你默默的錄影，現場的面孔有誰，都說了什麼，錄清楚了。」

「遵命，學長。」李啟陽現在很聽王碩彥的話，這讓王碩彥有點感動。

「那我們進去囉？」

「好。」李啟陽點頭。

王碩彥推開樓梯門，走進去。

走廊上的隨扈一見到他們，就伸手想攔，但王碩彥立刻說：「我刑事局的。」

他謊稱自己是刑事局的，且也和他們一樣，只帶一個幫手，總共就兩個人而已，陣仗相同。

這招順利騙過了那些隨扈，王碩彥抖了抖便服領子，裝成一副大官的模樣，帶著李啟陽就進入沒關門的屋子。

誰知他一進去就裝不了了，不只各大單位的人都在，連一個王碩彥最討厭的人，林木森也在！

林木森吶！

「哎呀！」林木森一見到他，雙眼瞪得跟鈴鐺一樣大，彷彿釣到什麼黑鮪魚似的：「說人人到，怎麼這麼巧，警政監，我們親愛的王碩彥警官到場了！」他誇張的說道。

王碩彥不明白現場是什麼狀況，他甚至連自己會不會被當場逮捕都不知道，手心爆汗。

李玉潔家的客廳很大，張貼許多字畫，還擺了一張大茶桌。王碩彥眼光一掃，便明白了七八分。李玉潔坐在主人正位上，信手添茶，從右手邊數起，是司法院高層、法務部次長、調查局副局長、警政署高層、地檢署高層、台北市政府高層，還有一個格格不入的林木森。

大夥兒都只帶自己一人進屋，坐滿位置剛剛好。林木森大概是臨時過來湊熱鬧的，畢竟是發生在自己轄區，他一發現有這麼多長官蒞臨，便衝過來了。

「我們在討論你呢，王碩彥。」林木森微笑，邀請王碩彥坐下。

他的笑讓王碩彥心裡發寒，這堪比鴻門宴，其他人一聽眼前這人就是王碩彥，也都露出不自在的表情，畢竟王碩彥就是這整起手機案的關鍵人物。

「我們才剛討論到，你砸毀警政監的盆栽呢，這事情要怎麼處理？」林木森笑道：「還有，你藏匿了拾得物，未依規定受理，把它丟在水溝，這條又要怎麼算？」

「原來全都被套話出來了呀。」王碩彥故意說道，不禁怨懟的看了一眼李玉潔，李玉潔趕緊心虛的喝茶，想想又不對，自己又沒做錯，便朝王碩彥反駁：「還不是你自己砸自己的腳！你跟其他人說手機的事做什麼？我原本要留到出庭才弄你的，現在大家都知道了！」

「哎，警政監，你這樣講就沒意思了。」地檢署的高層說道：「這警員有缺失，就要依規定通報，該送撤查就撤查，你怎麼能留到法庭上呢？」

「對啊，我們會幫你處理這個違法違紀的傢伙的。」警政署的高層也跟著幫腔。

王碩彥感受著現場的氣氛，花了三十秒的時間，才大致模擬了剛才發生的狀況。

這堆人一到李玉潔家裡就要手機，想找手機，李玉潔當然不從，被這麼多人給嚇到，嚷著關門就要趕人走。而大夥兒也不是省油的燈，眉來眼去老半天，決定演一齣戲，不來硬的，就來騙的。他們不搜索，不給李玉潔壓力，而是坐下來陪李玉潔喝茶聊天，也不提翁泰案的事。

聊了一會兒後，他們終於弄清了來龍去脈，原來這手機會從王碩彥手上跑到李玉潔家，是因為拾得物扔進了水溝裡的關係，李玉潔這人單純，三兩句話就把事情都給招了。

於是，大夥兒都說著要幫李玉潔嚴懲王碩彥，包括盆栽啦、狗官啦，等等案件，只要李玉潔將手機交出來，他們就立刻給王碩彥好看。

因此重點來了，李玉潔到底將手機交出去了沒有？

「哎唷，警政監，幹嘛這樣？」弄清楚狀況的王碩彥，忽然間來了底氣，他眉宇笑開，扭著屁股就在李玉潔身旁的空位坐下，那可是連檢察長都沒去坐的位置：「我們的關係有那麼差嗎？」

「王碩彥，你幹嘛！」李玉潔身體縮起來，怕得要死，他不是沒見過王碩彥發瘋的樣子。

「就想要得到你的原諒而已，我也已經受夠教訓了呀。」王碩彥笑瞇瞇的說道，他判斷手機還沒被拿走，否則大夥兒也不會還浪費時間坐在這裡。

「你休想！」李玉潔推開他：「離我遠一點！」

「對啊，王碩彥，你幹什麼，沒大沒小！」林木森趁機罵道。

「嘖嘖嘖嘖嘖嘖。」茶桌對面的法務部次長看不下去了，他啐了幾聲，不耐煩的說：「所以說，手機到底在哪裡？」

「對呀，李警政監，你把手機放哪兒去了？」檢察長問道：「你得將它交出來，我們才能偵辦後續的瀆職案件，讓這位王警官付出代價。」

「我不是說了嗎，時候到了我就會交給法庭。」李玉潔不高興的說道：「你們這些人幹嘛呢？從剛才就一直問。」

太好了！

王碩彥喜出望外，這瑪爾濟斯也是挺靈光的啊，到現在都還沒把手機交出去。

一聽到這裡，大夥兒都按捺不住了，這場戲都演幾十分鐘了，現在說不交手機是怎樣？當在場這些由總統親自銓敘的簡任官是空氣嗎？在場除了林木森以外，哪個人官位沒比李玉潔大三級？

「警政監，你似乎沒搞清楚狀況啊？」檢察長臉色驟變，用手指敲著桌子就說：「根據你剛才的說法，你那些拾得物可是贓物，你不將贓物交出來，不到司法機關進行告發，是想協助隱匿罪行嗎？」

這話說得重，猶如翻臉不認人，讓李玉潔愣了一下。

「哎唷，警政監，你就趕快交出來嘛，不然我們這麼多人來這邊幹嘛呢？」林木森趕緊打圓場。

「你們別再演了，真當其他人是傻子嗎？怎麼不提翁泰案的事？」王碩彥順水推舟，跟著翻臉不認人，音量提高起來，保全手機是當務之急。

「你這傢伙是怎麼回事？」調查局的人不爽了，瞪著王碩彥：「這裡有你說話的份嗎？你算什麼東西？」

「把他趕出去！」檢察長說道。

「誰都別想動我！」王碩彥立刻張手，阻止外面湧進來的隨扈朝他靠近，並貼近身旁的李玉潔：「警政監，這些人都是翁泰案的犯嫌，那支手機記錄的，就是他們犯罪的證據！」他豁出去了，當著眾人的面說道：「他們剛剛有跟你說嗎？沒有！他們決口不提，就是要騙你拿出手機！」

這話讓眾人面色鐵青，戲都白演了，而王碩彥所帶來的李啟陽，也稱職的擔綱起保鏢的角色，護在王碩彥身邊。

不料，不知是智商太低還是怎樣，李玉潔只是蛤了一聲，完全聽不懂。

「警政監，你只要將手機交出去，我們兩個都死定了，這些人也會繼續逍遙法外啊！」王碩彥搖晃著已經呆滯的李玉潔說道：「不要聽他們的話！」

「王碩彥，你別欺人太甚！」檢察長站了起來。

「王碩彥，馬上給我滾出去！」林木森也說。

大夥兒直接翻桌，鬧開了。

隨扈們衝往王碩彥，要把他逮住，檢察長則出示了搜索票，大喊一聲：「搜！」接著就是一片雞飛狗跳。

混亂之中，王碩彥勾著李玉潔將他拉進了主臥房，李啟陽則在擋住幾輪毆打後，也臉頰瘀青的爬了進來，王碩彥順勢關門上鎖，和李啟陽一起推動大衣櫥，擋在門上。

「開門！」

「王碩彥、李玉潔，給我開門！」

外面一陣乒乒乓乓，對方不只用力踹門、想破門而入，其他人也正在翻箱倒櫃，大肆搜索，連屋子的天花板、地板都要掀開。

李玉潔嚇傻了，渾身發抖的縮在床邊，摀著耳朵：「現在是怎樣啊？為什麼要搜我家？這些人到底是誰啊？」

「警政監，冷靜，冷靜。」王碩彥趕緊安撫他，無論如何，手機優先，手機優先就是李玉潔優先，要是李玉潔被嚇死了，手機就找不到了：「你先告訴我，你把手機放哪兒去了？」

「手機……」李玉潔滿臉恍然：「為什麼大家都要找手機啊？那堆破銅爛鐵到底有什麼好的？我也只是想抓住你的把柄而已啊！」

「你沒說出去是對的，是聰明的。」王碩彥繼續安撫，並套話：「所以手機到底在哪裡？」

不料，此話觸怒了李玉潔的神經，他一把將王碩彥推開：「你們到底是怎樣啊！每個人都要手機，你們越要的東西我就越不想給，我就是不給！」

王碩彥是真的不懂欸，這老傢伙為何要死守著手機的祕密？

李玉潔並不知道翁泰案的事，也不知道手機的重要性，偏要藏著手機，究竟是為了什麼？

難道另有隱情？

「警政監。」王碩彥態度趨緩了，他斜著打量李玉潔低頭的臉，不顧外面踹門踹得驚天動地，第一次將他看得這麼仔細：「你在隱瞞什麼祕密？發生什麼事了？」他慢慢問道。

李玉潔抬起頭來，看向他，表情有說不出的委屈和五味雜陳，這也是他第一次這麼仔細看王碩彥的臉。

「我們兩個是在同一條船上的。」王碩彥嚴肅的說道，和李玉潔產生了某種情感連結：「你有我的把柄，而我，眼下這種狀況，只有我能救你，你要告訴我，到底發生什麼事了？」

「就……」李玉潔支吾了半天，終於鬆口了：「你那堆拾得物中，有毒品。」

「然後呢？」王碩彥聽不太懂。

「它裡面有毒品。」

「然後呢？」

「我持有了它、持有了毒品，觸犯了毒品罪。」李玉潔掙扎著說出來，然後摀住臉，嗚嗚嗚嗚的就哽咽起來：「我竟然犯了這種愚蠢的錯誤，我清白的一生啊！」

王碩彥傻住了，傻了好久，然後才回過神，大笑。

原來是這樣子啊！

李玉潔拿走了水溝蓋底所有的東西，回家細數發現不僅僅有手機、皮夾，還有好幾包毒品。他起初沒有放心上，後來越想越不對，他怎麼可以持有毒品呢？他竟然持有了毒品，這可是犯了「毒品危害防治條例」啊！

從此以後他就心神不寧了，後來面對王碩彥時，他更是心虛，只敢提到手機，而不敢提到其他東西。這也是他遲遲沒去舉報王碩彥的原因，他哪敢將那堆證據交出去呢？

說開庭時要把東西交給檢察官也是騙人的，虛張聲勢而已，反正那堆拾得物他是藏定了，他會藏一輩子，他才不敢給人知道他碰過毒品呢！

王碩彥笑到肚子痛，真是又好氣又好笑，這老傢伙的腦筋真的太死了，警察持有毒品，有時是不得已的，王碩彥壓根兒沒覺得這有什麼啊，只要沒被抓到，誰會知道你持有毒品呢？

當年在刑警隊，每個人抽屜一包毒品那可是標準配備啊，只要在出事前扔掉就好了，本來就是這樣啊，他們又不是為了吸食而去持有毒品的。

當然，這只是實務上的作法，法律不允許就是不允許。而王碩彥也不打算和李玉潔講那麼多，他知道李玉潔是無法被開導的，總之，這件事就是很好笑。

「那你怎麼不把毒品挑出來扔掉就好？」王碩彥憋笑問道：「你可以只把手機留下來啊。」

「瘋了，那種東西我碰一次就夠了，我怎麼敢再碰第二次？」李玉潔縮著手說，彷彿會被玷污一樣，而且他覺得那袋東西是贓物，應該要維持共同一體，不能被分開來，不然會出事。

奇葩的邏輯。

「所以我說，可以告訴我了嗎？手機到底在哪裡？」王碩彥問道，收起了笑意。

外面差不多都搜查完畢了，並沒有搜到手機，現在全部人都來踹這間主臥室了，可以聽到檢察長歇斯底里的在辱罵，要他們束手就擒。

真的火燒屁股了，他們隨時會被抓住。

「我偏不說。」李玉潔很固執，到了這個關頭還是搖頭。

「它在這個家裡嗎？」王碩彥退一步，換個方式問。

「不在。」李玉潔搖頭。

那就好了，王碩彥鬆了口氣，手機果然不在這房子裡，畢竟，連阿欽都找不到的東西，檢調怎麼可能找得到？

「真的不說嗎？那你可能會死喔。」王碩彥盯著李玉潔，腦袋飛轉著，正在醞釀一套說詞：「你看門已經被撞出裂縫了喔。」

確實，即便有衣櫃擋住，門還是快被踹開了。若不是李玉潔家裡的建材堅固，加上有李啟陽奮力的以肉身抵抗，門可能早就被踹開了。

「你有想過，今天為什麼來了這麼多人嗎？」王碩彥開始恐嚇李玉潔，根據李玉潔的弱點，他開始編故事：「法務部、調查局、檢察長都出動了，連搜索票都有，就為了搜你家，你覺得是為了什麼？難道真的是為了抓我一個小警員嗎？為了一支手機？」

這話讓李玉潔嚇得臉色蒼白，是啊，他早就覺得奇怪了，為何會有一堆大人物跑到他家裡來？他好歹也當過警政監的，這輩子從沒見過這麼多大官聚在一起。

「他們是來抓你毒品的。」王碩彥直接戳中李玉潔的痛點：「一個退休的警政監竟然持有毒品，多荒唐啊？所以才出動了這麼多高官，要來抓警政監您。」

「是你說出去的嗎?!」李玉潔驚慌失措，毫不懷疑的信了。

「當然不是我，我會害我自己嗎？」王碩彥矢口否認：「我說了，我跟你在同一條船上，那堆毒品是你的也是我的，我們要抓會一起被抓。」說完他指著門口：「看，他們現在不就要來抓你了嗎？」

「那我該怎麼辦？我不能坐牢啊！」李玉潔嚇壞了：「我真的不是故意的！」

「你相信我嗎？」王碩彥認真的看著他的雙眼問道。

「……」

「你相不相信我！」王碩彥用吼的，壓過門裂開的聲音。

「相信！」李玉潔眼眶含淚的回答。

「好，那你接下來只需要做一件事，為了我們活下去……」王碩彥將嘴巴附在李玉潔耳邊，開始說起悄悄話來。

第十二章

房門已經撐到了極限，即將被撞開來。

王碩彥將李玉潔藏在衣櫃裡，然後和李啟陽肩並肩，掏出了他們的警槍，對準門口，準備做最後一搏。

碰到李啟陽的手肘時，王碩彥不得不思索一個問題，便好奇的問：「李啟陽，你為什麼會這樣？」

「什麼這樣？」李啟陽聽不懂。

「我們才認識不到半天，你現在，卻和我舉槍站在這裡，冒著生命危險，上演警匪追逐般的戲碼，你是傻瓜嗎？」王碩彥納悶的問著：「你為什麼會幫我？從你載我到你們派出所，到現在，你為什麼相信我？你相信我什麼？」

「我也不是相信你，我是相信自己的信念，相信自己警察的身分。」李啟陽回答著他自己也聽不太懂的話，突然間笑了。

他其實什麼都懂，他知道翁泰案、知道翁泰的筆記本、知道所有的貪腐問題、知道有好多好多學長姊被關了；他也知道剛才在客廳的那些人是誰，他不是耳聾，不是小孩子，他知道大家在做什麼、說什麼。

「學長，我只問一個問題。」李啟陽暫時放下槍，望著王碩彥問道。

「你說。」

「我們是正義的一方沒錯嗎？」

「對。」

「那就好。」李啟陽再次舉起槍，勾著嘴角，什麼也不再多問了。

王碩彥哭著笑了，真的哭著笑了，即便這世道如此昏暗，他偉大的母校依然一年一年的孕育出了最純真善良的孩子；他們眼神清澈，乾淨如白紙，即便日後被染黑了，那母校的大門，總會再誕生新的希望與陽光，誰也阻止不了。

門砰的一聲被踹開了，檢察長氣燄囂張的率先踏入，張嘴就要罵人，但一見到槍口，就默默的又退出去了，讓隨扈站到前面去。

「誰准你們拿槍的，作弊啊！」他在後面咆哮道。

「警察執勤時配槍，天經地義。」王碩彥毫不動搖的說道：「誰要敢擋路，別怪我不客氣。」

對方霎時亂成一團，他們前來搜索時並沒料到有這幕，別說配槍了，他們的隨扈連警棍都沒帶。

「哦，看來全場只有我們有槍啊。」王碩彥歪著頭笑道，看出了端倪：「現在，讓開，我數到三。」

「什麼數到三，你你你你……」檢察長急了，手機是一定要拿到的，可眼前有槍未免也太犯規了。他和警政署的高層一琢磨，竟然就將林木森給推到前面去了：「這你們派出所的，你處理一下。」

「什、什麼啊！」林木森嚇壞了，他本就是來湊熱鬧的，怎就忽然被推到最前方當砲灰了？

「我勸你們放下武器，束手就擒！」檢察長膽子大了起來，嚷著電影裡那套：「現在就把槍放下，快點！」

「我數一。」王碩彥冷漠的說道，用槍口指著林木森。

「喂，王碩彥，我是你上司你竟敢拿槍指我！」林木森破口大罵。

「二。」王碩彥繼續數。

「哇啊啊啊啊！」林木森直接嚇到腿軟掉，倒在地上了。

「三！」

數完，王碩彥就直接朝門楣開槍了。

砰的一聲，嚇倒了只會在辦公室吹冷氣的這些高官，他們抱頭逃竄，哇哇大叫，只有專業的隨扈就地尋找掩護，還守著門口。

砰！

王碩彥又開了第二槍，騙眾人再次臥倒躲藏，然後他拿出辣椒水，一個一個對準他們的臉噴上去。

「哇啊啊啊啊！」

「這什麼東西啊！」

「竟然用辣椒水！作弊啊！」

「痛死了啊啊啊啊！

「哼，真當警察是好惹的嗎？」看場面都收拾完畢，隨扈及官員們全捂著臉在地上打滾，王碩彥便收起了辣椒水。

他和李啟陽把握時間，帶出了躲在衣櫃裡的李玉潔，迅速走出臥室，在李啟陽槍口的掩護下，當著檢察長等人的面，將李玉潔給救走了。

李玉潔雙腿哆嗦，嘴唇失去血色，得一人攙扶一邊才拉得動。王碩彥原本想搭電梯，但見情況不對，便改走樓梯。

警政署的高層已經調來了鎮暴部隊，檢察長也調來了不該出現在外頭的法警，這些警力集結都很快，要是搭電梯，可能會被逮住。

王碩彥和李啟陽吃力的將李玉潔拉進樓梯間，將樓梯門反鎖，防止檢察長等人追上來，然後艱難的按原路走下去。

他們從十樓走到九樓，再到八樓，果不其然，已經聽到樓下有聲音了，是敵人！

王碩彥真是料事如神，要是坐電梯早被抓到了，情急之下，王碩彥靈光乍現，他可是警察，何不故技重施？

「承德、承德，勤區六四三呼叫。」他打開了已關掉許久的無線電，呼喊道。

「承德回答。」

「瑞安街三十一巷有糾紛啊，請派警力支援，事態緊急，迅速派遣。」

對方那邊過了幾秒才回答：「王碩彥，不要亂喊啊，你下午那件亂喊的，你看你怎麼處理！」

原來對方是認識的同仁，現在又剛好輪到他負責指揮中心了。

「學長，這次是真的，我沒有騙你，瑞安街三十一巷，快點派人來支援我！」王碩彥對著無線電喊道，已經不講術語了。

「承德，永安呼叫。」這時，忽然出現了另一個聲音，簡短俐落。

承德是他們大安分局指揮中心的代號，而這位永安就不得了了，它是總局的指揮中心代號，層級比分局還高一級，有如天降大神。

一般永安是不會出聲的，只有在很特殊的狀況時才出聲，這時卻出聲了。

「承德，永安呼叫。」總局再次呼喊。

「承德回答。」

「不要理會該勤區的訊號，收到沒有？」

「……收到。」承德陷入困惑。

王碩彥急了，這是警察總局在阻止他和分局通訊：「承德、承德，六四三呼叫，瑞安街三十一巷需要支援，你快派人過來！」

「六四三，我說了，叫你不要亂喊。」承德無奈的說道。

「承德，永安呼叫，不是叫你不要理會該訊號嗎？」總局再次呼喊。

「承德，我真的需要支援！」王碩彥大聲的說。

「承德，奉江卿，江局長之令，該勤區已被停止職務，請立即阻斷其通訊設備。」總局說道。

什麼?!王碩彥有聽錯嗎？他從警這麼久，從沒聽過有如此狗屁倒灶之事，竟然用一支無線電就可以把他給停職了！

「承德，六四三請求支援！六四三請求支援！」王碩彥再次喊道。

承德方面沒有回應，可能正在打電話溝通，陷入了極大的困惑。

「承德，六四三請求支援！」

「承德，六四三請求支援啊！」沒人理他，而敵人已經從樓下衝上來了，是警政署調來的鎮暴部隊。

王碩彥別無他法，只好在七樓，去按了某戶人家的門鈴，就地逃進住宅之中。他沒有時間向錯愕的住戶太太解釋，而是拿起無線電繼續呼救。
「承德，六四三呼叫！」
「承德，六四三呼叫！」
「不要再叫了。」承德終於回應：「剛剛已經與永安取得聯繫，你已遭到停職。」
王碩彥讓李啟陽將住戶的鐵門鎖死，推倒鞋櫃擋住。然後帶著眾人就到最近的窗戶去，打算利用地震逃難吊索離開，就從七樓懸掛下去。
「長官，你們到底要做什麼？」住戶太太實在太害怕了。
「對不起，對不起。」李啟陽只能連連道歉，一面幫王碩彥裝繩索，而那李玉潔則早已暈死，躺在旁邊。
鎮暴部隊正在樓層間尋找他們，鐵門外亂哄哄的。王碩彥將錯就錯，打算利用吊繩逃下去，但一看到下面，他心都涼了，警政署派來的警備車就停在他們正下方，非常大台，一次可以裝載四十人以上的警力。
總共有三台，黑壓壓的一片到處都是警察，這要是懸掛下去，跟自尋死路沒兩樣。
「承德，六四三呼叫！」王碩彥只能再次求援，趁著承德還沒關掉他的設備。
「承德，六四三呼叫！」
「承德，六四三呼叫！」

「承德，六四三呼叫！」

「承德，六四三呼叫！」王碩彥喊得都快哭了，房子外也已經有人按門鈴了，是李啟陽拉著住戶太太，才讓她不去開門。

「六四三學長，你到底發生什麼事了？」終於，有人回答他了，但不是承德，而是其他人。

「我需要支援。」王碩彥馬上回答。

「地點在哪裡？」對方問道。

「瑞安街三十一巷，需要大量警力支援。」

「承德警告，不要回答該台任何訊息。」這時，承德出來插話了：「承德已關閉了霖光所的無線電通訊，唯獨該勤區的關不掉，出現技術問題。」

他繼續說，說出令人駭然的話：「奉永安之令，承德所有警力待在派出所內待命，不得外出。霖光所轄區正發生重大治安事件，永安已派遣鎮暴警察到場協助，各台遵循永安命令，在派出所內待命，完畢。」

王碩彥和李啟陽互看一眼，瞠目結舌，這已經是政變等級的通報了吧？他們為了抓到他，連警力的調度都可以這樣亂搞嗎？

而且，原來承德關閉了霖光所的無線電，難怪都沒有霖光所的同袍幫他出聲！

「六四三呼叫，各位學長，如果你們是警察，就過來幫我吧！」王碩彥激動的說道，這時候已經沒有任何拘束了：「我手上有前分局長陷害基層的證據，還有王春暉違法亂紀的證據，他們現在要抓我，如果你們不過來，以後就再也沒有機會了！」

「永安警告，請承德立刻關閉通訊。」總局那邊又傳來嚴厲的傳話。

「瑞安街三十一巷，請快點過來……」

「馬上關閉通訊！」

王碩彥話還沒講完，無線電就被關掉了，是整個大安分局的電台都被關掉了，因為承德無法單獨關掉王碩彥的，所以，只可能是這樣了。

整個大安分局的通訊都失效了，彷彿原本燈火通明的城市，都黯淡了一樣，無線電變得靜悄悄的，不再發出任何聲音。

然而，隨著一聲尖銳的警笛響徹夜空，王碩彥看到了，從安和路那裡冒出了無數的紅藍警燈，正挾著如海嘯般的氣勢，朝著王碩彥所在的位置襲捲而來。

是同伴們呼應了他的召喚，王碩彥眼眶泛淚，感覺黑暗的城市又被照亮了，被專屬於他們的顏色照亮。而另一頭，鎮暴警察正在用棒捶破門。

王碩彥等不及了，他先讓李啟陽懸著吊繩下去，他和已經失去意識的李玉潔殿後。

下方也有鎮暴警察在等待他們，每個都拿衝鋒槍。王碩彥急得像熱鍋上的螞蟻，他不曉得該如何解決這個問題，他失去了通訊設備，沒辦法請他的同胞與鎮暴警察對抗。

這時候，奇妙的事情發生了，翁泰集團竟開來了數十輛巨型水車，發動水柱將底下的鎮暴警察都沖散，並用水車去衝撞警備車。

果然有錢人沒什麼事是做不出來的，還是那句老話，王碩彥這輩子從沒見過如此狗屁倒灶之事，竟有財團敢攻擊國家的武裝警察。

於是，在樓底等待他們的變成了翁泰建設的人，但落到翁泰建設手中也不是什麼好事，尤其李啟陽已經垂吊到三樓了，即將落地。

然而在陰錯陽差之下，被召喚而來的大安分局員警，都以為那些身穿黑衣的翁泰人馬是敵人，對他們展開了圍勦逮捕，底下瞬間亂成一鍋粥，王碩彥甚至聽到有人開槍，他真心希望不要有人受傷，不管是鎮暴警察還是派出所的員警，大家都是一家人，只是因為上級的意見不同，而產生衝突而已。

李啟陽一落地，便遵循王碩彥的指示，穿上警察的制服躲起來，混在人群之中。而王碩彥隨後也帶著李玉潔，兩人一起懸掛下樓了，他祈求這繩子能承受兩個人的重量，這李玉潔瘦巴巴的，應該只能算半個人吧？

謝天謝地，他們在混亂之中踩到了布滿水流的地面，終於落地了。而一直到這個時刻，鎮暴警察都沒能撞開住戶太太的鐵門，看來這樓房的材質是真的不錯，鋼筋水泥紮實堅固，難怪李玉潔會買在這裡。

「人呢！」隱隱約約的，王碩彥聽見了檢察長的咆哮聲。

檢察長，相當於檢察體系的局長，也是一個縣市只有一位，非常大，尤其是首都的，那更是和王春暉差不多厲害。

「人呢？就掛在繩子上這樣也可以追丟！」檢察長怒罵道。

王碩彥壓低身體，揹著昏倒的李玉潔，在垃圾桶旁邊和李啟陽會合。

現場亂七八糟的，有警政署的鎮暴警察、有大安分局的警員、還有翁泰集團的保全傭兵。最慘的就是翁泰集團的人了，王碩彥放眼望去，沒看到有警察在打警察的，大部分都在追捕那些翁泰的人馬。

畢竟大家都是糊里糊塗被派來的，不知道具體的任務是什麼，也不知道敵人到底是誰？在這種狀況下，只能找個非自己陣營的人來打。

「李啟陽，李啟陽，嘿！」王碩彥見李啟陽有點精神渙散了，便拍拍他的臉頰，將他喚醒：「我需要你做一件事。」

「什麼事，學長？」李啟陽跛著腳說，王碩彥這才發現他受傷了，連眼睛都腫了起來，在剛才的亂鬥中被敵人給打傷。

王碩彥只能忍著不去看他的傷勢，他拔走李啟陽內衣裡的密錄器，收入懷中，那可是重要證據。然後，他從李玉潔的口袋中掏出了李玉潔的手機，塞進李啟陽的懷裡：「我需要你引開敵人的注意力。」

「怎麼引開？」李啟陽問道，他總是這樣的，只問怎麼做，不問為什麼。

「他們會靠手機定位找出我們的位置，現在你的手機，和警政監的手機都在你身上，我的手機已經被拿走了。你隨便找一輛警車，一直騎，一直騎，不要停，騎得越遠越好，騎到宜蘭去，他們找不到我，就會去追你的，他們會被你引開。」

「一直騎就好了嗎？」李啟陽問道。

「對。」

「好，我懂了。」李啟陽點點頭。

見他離開的背影，王碩彥有股想哭的衝動，他忍不住喊了他：「嘿。」

「怎麼了，學長？」李啟陽回頭，腫著眼睛問道。

「我們可能不會再見面了，有可能。」王碩彥忍著情緒說道，衝著他露出一個勉強的微笑：「謝謝你，能認識你真好。」

「我也是。」

就這樣，李啟陽走了，照著王碩彥的指示，牽了一台警察的機車，朝著未知的方向一直騎，一直騎，消失在王碩彥的視野中。

王碩彥只看了一會兒，就抹抹眼回到現實。

他看著倒在地上的李玉潔，先是捏了捏他的臉頰，然後狠狠的賞了他幾個巴掌。

「哇！哇！」李玉潔被嚇醒。

「一直睡睡睡，是要睡到什麼時候！」王碩彥罵道：「都什麼關頭了，正經點好嗎？」

「這裡是哪裡？」李玉潔驚慌的問道，左右張望：「天吶，我在哪裡？怎麼這麼黑？為什麼會有水？」

「我們成功逃走了。」王碩彥說道。

「真的？他們都走了？不抓我了？」

「還沒，才剛開始而已。」王碩彥揪著老頭子的後領，將他拉起來：「你確定手機在你說的那個地方？」他嚴肅的問道。

「對，我騙你做什麼，你都說了，我們在同一條船上。」李玉潔眨眨眼回答。

王碩彥腦海裡有個模糊的計劃，他現在已經得罪了全世界，捅出了個大簍子，但是，他有機會終結這一切。

他朝四周張望，這麼大的動靜已經引發了媒體的注意，稍早就已經有SNG車出現了，進行現場報導。這對他們來說是好事，王碩彥就看局長或市長要如何解釋這些事。

至於他，他這個王碩彥，他已經沒差了，他早就被全世界給遺棄了。

「警政監，聽著，等一下不管如何，都要跟緊我，行嗎？」王碩彥向李玉潔說道：「不要再昏倒，也不要東看西看。」

「知道啦。」李玉潔嘟噥著。

結論是，他們得回到霖光派出所去，雖然知道那裡已經被布下了天羅地網，但還是要回去。

王碩彥給李玉潔撿了頂警帽，讓他戴上，以掩蓋顯眼的白髮。

「噓，走這邊。」見前方有鎮暴警察，王碩彥趕緊抓著李玉潔，拐進巷子裡。

短短幾百公尺的路程，卻比什麼都還遙遠。王碩彥帶著李玉潔從騎樓遙望派出所的方向，只見前庭都是警備車，印著刑事局的標誌，代表霖光所已被刑事局給控制了。

除了前庭，後門的地下室入口也是鎖著的，平時入口都是開著的，方便同仁上下停車，王碩彥第一次見它被鎖上，鐵門緊閉。

王碩彥咬著牙，思考著該怎麼回派出所去，他現在沒有手機，無線電也被停用了，幾乎沒有對外的聯絡方式。

到處都是鎮暴警察，進退不得，僵持了十分鐘後，事情終於有了變化，一聲銳利的蜂鳴聲響起，來自黑忽忽的警備車，鎮暴警察們聞聲，紛紛列隊上車，展開一場大撤退。

王碩彥猜想，可能是他的調虎離山之計起作用了，敵人全被李啟陽給引開了，往李啟陽的訊號發送地前去。

而翁泰集團請來的傭兵保全幾乎全被捕光了，有的被捉上警備車、有的被載往大安分局，所有人都在迅速消散。

王碩彥見機會來了，立刻找了個公共電話亭，急促的投幣，他不記得任何人的電話，只剩一個號碼可以撥打，就是霖光派出所。

嘟嘟幾聲後，電話被接起：「霖光所警員林家豪您好，很高興為您服務。」

對方飛快的說道，雖然字句非常有禮貌，但語氣卻宛如死人。

「家豪？」王碩彥喊道，大喜，是一個最值得信賴的人接電話了。

刑事局控制了派出所，他原本還擔心會不會被刑事局的人接起，但想想，那些養尊處優的老骨頭怎麼可能接電話，肯定在翹腳看電視。

「鹽哥？」林家豪也十分意外，聲音變得大起來，又立刻小聲，彷彿能看到他握緊了話筒：「你還好吧？全世界都在找你。」

「對，現在派出所的狀況怎樣？」

「不好，都是刑事局的人，所長也不知道跑哪裡去了。」他悄聲說道：「這電話有錄音，要用LINE嗎？」

「不要緊了，都這個關頭了，他們沒那麼多人可以監聽那麼多電話。」王碩彥回答，趕緊交代他要說的話：「我要帶警政監回派出所。」

「你們要回來？」林家豪錯愕：「不行吧，這裡全是刑事局的人，他們不都要抓你嗎？」

「我一定得回去，我跟你講，你幫我開地下室的鐵門，我們從那裡進去。」王碩彥說道，接著確認一下雙方的兵力差距：「刑事局來了多少人？還有其他單位的人嗎？」

「大概三十個，還有他們副局長也在，一半的人在一樓，一半的人在二樓。」林家豪仔細的說道。
「三十個，那麼多啊？」王碩彥有點心涼，不過這三十個，和中午在深坑的數量是一樣的，代表是同一批人，從深坑撤退後就直接進駐這裡了。
「他們有配槍嗎？」王碩彥問道。
「沒有。」林家豪回答：「都是官，沒見到有幾個兩線二以下的。」
「那就跟小學生一樣，經不住打啦，他們寫公文長大的，和我們這種摔柔道的不一樣。」
「所以呢？」林家豪覺得不太妙。
「你把派出所的人召集起來，等我回去，就把他們趕出去。」王碩彥說道。
「要硬幹的意思？」
「對，現在派出所有誰？可以信任的有幾個？副所長在嗎？」
林家豪算了算，給出了一個淒涼的數字：「大概就八個，其他不是放假，就是沒班，還有些牆頭草不能算進去，會變內奸。」
「八個夠了。」王碩彥硬是給彼此壯膽：「你讓他們聽好，等一下要封鎖派出所，把刑事局的人趕出去，把牆頭草關到寢室，我要帶警政監回去。」
「你要怎麼封鎖派出所？外面還有鎮暴警察欸！」林家豪擔憂的說道，他雖不清楚王碩彥想做什麼，但他知道王碩彥在做他認為對的事情，所以他得問仔細一點：「你封鎖派出所後要做什麼？」

「我自有打算，聽我說，你請所有同仁配槍，槍械室那三支步槍拿出來，然後等我的下通電話。你們不會只有八個，我會請支援來的。」

「什麼支援？還有支援？」

「先這樣，隨時注意刑事局的狀況。」王碩彥沒時間了，他掛斷了電話。

其實，根本就沒有什麼支援，現在整個大安已經亂成一團了，無線電又被切斷通訊，他上哪兒去找援軍呢？

就只有他們八加二，總共十個人而已。

王碩彥帶著李玉潔躲在便利商店的垃圾桶旁，觀察霖光所的狀況，依然進退不得，大馬路上都是眼線，別說翁泰集團的黑頭車了，連停在李玉潔家下面的那些公務車都還沒開走勒。

他焦慮的等了十分鐘，給了林家豪十分鐘準備，然後，打了第二通電話。

「喂？」

這次接起來的卻不是林家豪，對方只喊了聲喂？

而且也肯定不是派出所的員警，否則他應該說「霖光所〇〇〇警員您好，很高興為您服務」才對。

王碩彥心裡大嘆不妙，莫不是被刑事局的人給接起來了吧？他的計劃被刑事局的人給發現了？

「喂？」對方又再問了一次。

「你是哪位？」王碩彥問道。

「你要報案嗎？現在不接受報案。」對方不客氣的說道。

這蠻橫的語氣揭露了他的身分，王碩彥知道他是誰了，刑事局的副局長。

「我不報案，我來跟你打招呼。」王碩彥笑著說道，心裡卻焦急萬分，他盯著遠邊的派出所地下室，心裡祈禱著林家豪能跟他有心電感應，趕快開門。

「打招呼？神經病。」對方馬上就要掛斷電話。

「我王碩彥，你罵誰神經病？」

對方一聽到這句話，立刻愣住：「你王碩彥？你在哪？」

「你到外頭來看看啊，我給你準備了一份大禮呢。」

這話剛說完，地下室的電動門就開始轉動了，謝天謝地，他真的和林家豪有心電感應：「警政監，起床！」他立刻拍打李玉潔：「跑啊！跑！快按照我剛才跟你講的，快跑過去！」

李玉潔一時之間沒反應過來，見王碩彥指著鐵捲門，被王碩彥踢了下屁股，這才撒腿往前衝。

「跑啊，瑪爾濟斯，跑啊！」王碩彥著急的喊道，跳著腳比畫，讓李玉潔衝快一點。見李玉潔跑得筋疲力盡，老骨頭四散，終於抵達安全線，衝進了派出所的後庭，這才鬆了口氣。

但事情還沒完，他旋即蹲下來，拾起了剛才從鎮暴警察那裡偷來的催淚瓦斯，衝到騎樓口，往派出所的方向就丟過去。

他和副局長的電話還沒中斷呢，副局長被他的話給欺騙，帶著幾個人走出來看看所謂的「大禮」，就看到了前院冒出大片濃煙。

他大呼小叫，讓人趕緊去檢查是怎麼回事，結果他才剛回頭，派出所內部就馬上陷入混亂了。

王碩彥踮起腳尖，在濃霧之中，看到副局長滿臉錯愕，雙手舉高，和一大票刑事局的人一起被擠下樓梯，趕出了派出所的大門。

而在自動門前持著步槍與手槍的，正是林家豪和其他霖光所的同仁，他們照著王碩彥的指示，用武力將這三十個不速之客給逼出了派出所。

「讚啦！」王碩彥跳起來，都快飆淚了，他們都選擇相信他。

在將最後一個刑事局的人趕出派出所後，林家豪放下了派出所的鐵捲門，並關閉「POLICE」的招牌燈，鎖死前門。這是自霖光派出所成立四十年以來，第一次停止營運，歇業，不再受理報案。

李玉潔也成功的跑到地下室門口了，出來迎接他的是阿弟仔，阿弟仔手持步槍，認真的對著李玉潔瞄準，把李玉潔嚇得不輕，這幕笑死王碩彥了。

所幸阿弟仔趕緊安撫李玉潔，由另一個女警將李玉潔帶進地下室，帶進霖光所這個已經被他們控制好的堡壘。而鐵捲門並沒有關上，阿弟仔還站在門口，他在等王碩彥，王碩彥還沒有回來。

「事情的進展，會不會有點太順利了？」王碩彥身後突然傳來聲音。

他才剛要跑過去，奔向自由、奔向同伴，就被身後那冷冰冰的聲音給澆熄了。

轉過頭，是翁明的秘書，那個一絲不苟的西裝男。

西裝男本就皮膚白皙，此時殺氣已達頂峰，嘴唇抿起來，整張臉更顯得蒼白刻薄，彷彿隨時可以殺了王碩彥。

「事情好好的，硬是被你搞成這樣呢？」他朝王碩彥走近。

王碩彥立刻掏出腰際的手槍，卻在半秒之內被他給奪走了，他反折王碩彥的掌心，將手槍丟進垃圾桶，用小腿一掃，就讓王碩彥半身飛騰，狠狠的摔在地上。

王碩彥這才知道，他不僅僅是個秘書，還是個武力堅強的保鏢。

「三百萬你不要，偏要弄成現在這副局面。」秘書朝他的手背一踩，那發亮的皮鞋瞬間折斷了王碩彥的手骨，痛得王碩彥慘叫一聲。

「手機在哪裡？」秘書問道，還是那句老話。

王碩彥都還沒回答，秘書就將他揹在肩上，毫不費力，簡直像在拎小貓一樣，要知道，王碩彥可是重達七十公斤啊！

「要帶我去哪裡？」王碩彥痛苦的喊道，沒有抵抗的能力。

「沒讓你死就不錯了，還問去哪裡？」

「放我下來！」

「放我下來！」

「住口！」秘書往他受傷的手無情一折，霎時讓王碩彥疼得眼冒金星，暈厥過去。

當他醒來時，那台熟悉的黑頭車已經出現在眼前了，就停在街角，無聲無息。正如王碩彥第一次見到它那樣，低調而深不可測。

王碩彥四處看了看，發現自己還在霖光所的轄區，昏迷的時間並沒有很久，大概是右手的痛又把他痛醒了。

「下來。」秘書說道，卻沒有要請他下來的意思，直接將他扔在地上。

王碩彥毫無防備，重重倒地，差點吐血，久久不能起來。

這回既有外傷也有內傷了，他躺在地上喘氣，黑色的夜空就在眼前，卻被直逼天際的豪宅大廈給擋住了一半。他認出了這裡是重劃區，四周都是翁泰集團的房子，彷彿是翁泰的大本營。

他逃過了國家機關排山倒海的追殺，終究還是沒能逃得過翁明的手掌心。

「起來。」秘書命令道，將王碩彥拽起來：「上車！」

黑頭車就在眼前，車門已打開，半掩著露出一條縫。

王碩彥看不清裡頭，但也知道翁明就坐在裡面等他。

他忍著全身的疼痛，被秘書給推了進去，溫暖的車內橘光再現，包圍了他，卻只讓他感到心寒。

「王警官，說說你騙了我幾次？」翁明說道，一貫的姿勢，一貫的位置，一貫的笑臉，一貫交錯的豐腴手掌。

「你覺得我還能做什麼？」王碩彥牙齦流血的問道。

「這問題可深奧了，連我，也不知道你還有什麼用處。」翁明笑著回答道：「你讓整個事件變得撲朔迷離，三百萬你不要，王春暉給你的好處你也不要，你到底想要什麼？」他彷彿站在最高處，所有的事情都一覽無遺：「說不定從一開始就沒那支手機存在呢，連我都被搞糊塗了。」

王碩彥望著眼前這人，心中感到一股惡寒，所有人都去追王碩彥派出去的李啟陽了，但翁明沒有，翁明自有判斷力，選擇將重心留在這裡。

或許，正是翁明自己將手機的事透露給公家部門的，他借用了整個國家的力量，要將那支IPHONE10給找出來。

「手機已經被你銷毀了嗎？」翁明問道：「所以你才拿不出來？」

「我就說了，我已經很努力在找了。」王碩彥唬弄道，並有意無意的用腳輕輕碰門。

他的任何舉動都逃不過翁明和秘書的法眼，這已經是他第三次用腳去碰到門了，秘書嘖了一聲，將門縫關得更小了，他知道王碩彥想趁機逃走。

但他們錯了，王碩彥並不是想逃走，不入虎穴焉得虎子，他另有盤算。

「努力找？你真當我們都是瞎子？」翁明哼了一聲：「不在你身上、不在你家、不在李玉潔身上、不在李玉潔家、也不在霖光派出所，好。」他列舉了所有的可能，笑容逐漸變得冰冷：「意思是，不管你們藏到了哪裡，只要殺了你和李玉潔，就永遠不會有人知道手機的下落了，對嗎？」

王碩彥頭皮發麻，怎會有人能如此淡定的做出這種推論：「你想做什麼？」王碩彥問道，背靠著門，卻立刻被秘書給頂了回去，並把門縫關得更小：「我警告你，別胡來啊！我可是警察，李玉潔可是警政監！」

「警察？警政監？我一腳就能踩死一堆。」翁明笑臉盈盈的說道，終於露出了和秘書一樣的殺氣：「我最後再問一次，手機在哪裡？」

「……」

「王碩彥，手機在哪裡？」

「在你他媽的屁眼裡，我幹你娘！」王碩彥罵道，一個飛踢就踹向翁明，並順手拉上了豪車的車門。

他剛才鋪陳了這麼久，就是要讓秘書將門縫關小——他才不想逃出去，他就要在這車子裡和這群混蛋拚命！

電光火石之間，翁明被踢中了臉，哇啦一聲撞在車窗上，前座的司機立刻掏出槍來，對準王碩彥就要他的命，但王碩彥的速度更快，他的槍雖然被奪走了，但他還留了一手，他從上衣口袋拿出警用辣椒水，在司機扣下扳機之前，就往他的臉一通亂噴。

「哇啊啊啊！呸呸呸！」司機被噴個正著，但槍聲也響了。

砰的一聲，子彈打在後座的玻璃上，卻被特殊的防彈材質給吸住，陷在拇指大的洞裡，玻璃連裂都沒裂開。

王碩彥沒有時間猶豫，在躲過子彈後，又拿著辣椒水往翁明臉上噴，使他淒慘大叫。而車內屬於密閉空間，王碩彥本人也不可倖免地，被嗆得連連咳嗽，淚流滿面。

秘書在車外死命的想開門，王碩彥也在車內死命的拉著門，他知道車門可能沒鎖，所以，方才從頭到尾有八成的力氣都用在拉車門上，以對抗秘書，而即便這樣，他也收拾了車上的這兩人。

「滾開！」王碩彥一邊拉車門，一邊往前座擠，朝著司機的眼睛又狂噴了辣椒水，使得辣油都滲入了他的眼珠子裡去。

「哇啊啊啊啊！」司機慘叫。

王碩彥用手肘將他撞開，奮力按了車門按鈕，這才順利將車子給鎖上。任憑秘書在外面如何怒吼狂踹，都於事無補了，這車的隔音可賊好了。

「咳咳咳咳！」

「咳咳咳咳咳！」王碩彥咳到不行，車內根本無法呼吸，視線都被眼淚給遮住了。

他給了自己十秒鐘休息，然後才鑽到駕駛艙，將司機給踹到副座去。

辣椒水的威力可是很強的，司機捂著臉哭喊著，痛到懷疑人生。翁明也蜷縮在角落顫抖，彷彿被潑了鹽酸般，淒厲喊叫。

一時半刻間，他們是沒有自理能力的。

王碩彥傷人一千，也自損了八百，他的眼睛很痛，骨折的右手更是痛到抽搐，也不知剛才是如何拿辣椒水的。

他不得已，將空調打開，輸進強風沖散瀰漫的煙霧，然後發動引擎，踩下油門，揚長而去。

「翁明，那根手指在哪裡？」王碩彥問道，邏輯清晰，目標明確。

他開著車，往派出所的方向全速駛去。

「手指在哪裡？」他再次問道。

他要的不是什麼，正是翁泰的那截斷指，可以用來打開手機的斷指。光拿到手機並沒有用，他得解鎖才行，他需要翁泰的指紋。

被秘書給打昏，扛在肩上的時候，王碩彥就想到了這點，既然他要見翁明，不如將計就計，將手指給取到手。

「你現在交給我，不然，發起瘋來的警察也不是你能惹的。」王碩彥瞪大雙眼說道，從後照鏡瞪著抱頭顫動的翁明。

駛出重劃區後，王碩彥隨便停下來就將司機給踢了出去，留下他和翁明在車上。

他們繼續朝霖光派出所的方向開去，他時間不多，陸續有翁泰集團的黑頭車出現，追在他們後頭。

王碩彥握著方向盤，開始翻找前座的東西，他打開了兩個沒鎖的保險箱，將裡面的美金給扔出窗外，製造混亂，讓民眾瘋搶，緩住了追逐他們的黑頭車。

然後，他將已經恢復部分意識的翁明給拽過來，一面開車一面說：「手指在哪裡？把手指交出來。」

「不、不在我這裡……」翁明渾身發抖的說道，兩眼紅腫睜不開，雙腿跪在地上，全身無力。

「不要給我說廢話，把手指交出來！」

立場彷彿顛倒了一樣，先前都是他們威脅著要王碩彥交出手機，現在換王碩彥報仇了，他要他們交出手指。

「你知道嗎，我已經沒有退路了。」王碩彥見到了落在副座的，司機的槍，便撿起來，對著翁明的腦袋敲一下：「我是死定了，我自己知道，所以我沒有在怕的，你不交出來，我們就同歸於盡。」

「真的……真的沒有……」

巷子口是紅燈，前方忽然冒出了一台黑頭車，王碩彥趕緊踩煞車，反手打P檔，將方向盤旋轉三百六十度。

車子彷彿飛起來一樣，王碩彥的頭撞上了車桿，一條血痕流下，而翁明也飛到前面來，臃腫的臉在擋風玻璃上擠成一團。

「手指在哪裡？」王碩彥再次吼道，前方就是霖光派出所了，假如他沒有拿到手指，一切就功虧一簣了。

「真的不在這車上……」翁明求饒。

「少騙了，那種東西你不可能不隨身帶著！」

「我沒有騙你，是真的……」

「不可能！不可能！不可以！」王碩彥不能在這裡放棄，他舉起槍，朝翁明的大腿就扣下扳機。

砰的一聲，子彈打進了他的肉裡。

「啊啊啊啊啊！」翁明尖叫，從小到大哪受過這種痛處。

「手！指！在！哪！裡！」王碩彥殺紅了眼問道。

翁明涕淚橫流的哆嗦著，終於從懷中拿出了那枚黑色小瓶子，他的命還是比較重要的，不可以在這裡死掉。

同時間，車已經開進了霖光派出所的前庭，四周到處都是鎮暴警察，那是在林家豪封鎖派出所後，警政署再次調來的警力，想奪回派出所的控制權。

兩千萬的豪車終究不是蓋的，王碩彥將油門踩到底，直接撞開了包圍派出所的大型警備車，一路衝上了派出所的階梯。

轟隆嘩啦的，黑頭車撞開了派出所的鐵捲門，也撞碎玻璃，直接衝進值班台，然後嵌進槍械室的鐵合金混凝土牆中，這才停了下來。

車子發出哀鳴，奄奄一息，引擎蓋瘋狂冒煙，後輪還在階梯上空轉。

派出所內的所有人都驚呆了，包括阿弟仔、林家豪、阿浩……說到底，他們總共也才八個人而已，留兩個人防守地下室後門，也僅有六個人在前廳。

而就是這六個人，利用了派出所的基礎防禦設施，擋住了無數鎮暴警察的衝撞與敲打，硬是撐到現在。雙方中途都沒有擦槍走火，射出任何一發子彈，也算千幸萬幸。

「警政監呢？」王碩彥下了車，滿臉的辣油與鼻涕，很是狼狽，劈頭就問道。

「在……在拘留室裡面……」林家豪呆愣的說道。

「請副所長把霖光派出所的看板推出來，我們要舉行記者會。」王碩彥從容淡定的說道，彷彿和往常的記者會沒什麼兩樣，他補充道：「跟他說是所長交代的，他就會照做了。」

「好……好。」林家豪恍然的點著頭，馬上衝上樓梯，去尋找那個置身事外的副所長。

王碩彥拖著傷痕累累的身體，往拘留室的方向走去，中途阿弟仔喊了他，阿浩也喊了他，大夥兒都累了，都眼眶泛紅，王碩彥微笑，沒有多和他們講什麼，只是感謝他們這麼相信他，一切都快結束了。

「繼續守門啊，許家偉！」阿浩朝阿弟仔說道，又舉起步槍。

「遵命，學長！」

是的，事情還沒完，見門口被撞出了一個大洞，卡著一台只在電影裡看過的豪車，有許多鎮暴警察都出現在破洞外，鬼鬼祟祟的探頭看。

「走開！」阿弟仔舉著槍，喝令他們離遠一點。

雙方這才又恢復到對峙狀態，鎮暴頭子拿出大聲公要他們投降，束手就擒，說他們已經被包圍了，喊破喉嚨也沒用。

但門口已經破了個大洞，就是不見有人敢進來。

「我說學長，你不累嗎？」阿浩也對著外面喊道：「喊了這麼久，也該歇歇了吧？喝杯水，大家都是警察，你有見過警察包圍警察局的嗎？」

「還不是你們佔領了派出所！」

「那你知道我們為什麼要佔領嗎？你什麼也不知道嘛。」阿浩沒好氣的說道：「你我都只是上級長官的棋子，都只能任由他們擺布而已。」

「廢話不多說，歹事不可做，請乖乖投降，你們已經被包圍了，喊破喉嚨也沒用。」鎮暴頭子繼續跟跳針似的說道。

「白痴……」

第十三章

王碩彥走進了派出所的拘留室，見門緊緊鎖著，透過一扇小窗，李玉潔就坐在裡面，被妥善保護著，手中抱著他的盆栽，兩眼發呆。

「警政監？」王碩彥敲敲門。

「走開！」李玉潔立刻神經質的從裡面喊道：「不管誰來都沒用，我不會出去的！」

「開門一下好嗎？」

「不可能！」李玉潔斬釘截鐵的說道：「除非王碩彥來，否則你們別想叫我出去！」

「我就是王碩彥。」

李玉潔愣了一下，站起來，花上數秒鐘辨認聲音，然後，門開了。

「你……你跑去哪了！」李玉潔又急又氣，又氣又哭，他盯著王碩彥看，淚水橫流：「不是說我們同在一條船上嗎！」

「我這不就來了嗎？」王碩彥攤手說道，然後嚴肅的問：「手機呢？」

「……」李玉潔不說話了。

「你答應過我的，我幫你擺平『持有毒品』的事情，你就要交出手機。」王碩彥嚴肅的哄道：「現在，換你把手機交出來了。」

李玉潔走到桌邊，摸了摸他那株寶貝盆栽，然後就狠下心，抓著它的枝條從頭拔起，將它拖出盆栽之外，露出一截泥土。

手機，原來在盆栽裡面?!

但，不對呀，王碩彥之前檢查過盆栽的，檢察長那些人也檢查過，至少有五匹人馬檢查過，怎麼可能沒搜到呢？

況且，李玉潔離家時並沒有帶著盆栽呀？王碩彥可不記得他們懸掛繩索、上演高空逃難時，還有辦法分心幫李玉潔保護盆栽，怎麼現在憑空冒出來了？

「自從出怪事後，我就一直放在派出所，沒帶回家，比較保險。」李玉潔彷彿聽見了他的心聲，自顧自的解釋道：「放在志工台底下，剛剛才抱進來。」

「然後手機呢？」

李玉潔解答了，只見他撥了撥泥土，在泥土層裡面竟然還有一層泡綿物，像保鮮膜一樣，隔離、並涵養著裡頭更精緻的土壤：「沒養過盆栽的人不知道，這種樹要用兩層土照顧才會漂亮。」他說。

他將保鮮膜層揭掉，裡面才顯露了真正的樹根球，而有一包裝滿東西的塑膠袋，就被藏在球根之中，糾結著。

真是誇張了，難怪沒人搜得出來，王碩彥大開眼界，這要是不將盆栽砸個粉碎，哪會有人知道裡面藏著東西！

話說回來，這盆栽也真是夠大了，比兩個衛生紙盒都還寬，才有辦法容納王碩彥那堆拾得物。

「快給我。」王碩彥迫不及待的接過塑膠袋，往裡面翻找。

在一堆既陌生又熟悉的破爛物品中，他找到了，那支手機！金色的手機！他朝思暮想的手機！全世界都在找的手機！整起事件最重要的主角，手機！

即使是兩年前的款式，它還是那樣的高貴，純金的外殼貼合著手機機體，摸起來卻毫無違和感，就像與生俱來的那樣，帶有致命魅力，任誰都難捨其手。

王碩彥想也想不懂，他當時怎麼就忽略了它，忽略了個這麼特別的東西？

「欸，毒品……」李玉潔擔心的說道，用眼睛偷瞄袋子裡的物品，十分心虛。

王碩彥將袋子裡的那幾包白色毒品拿出來，走出去，丟到拘留室的馬桶沖掉，一乾二淨。

「可以了吧？」他說。

李玉潔這才終於放下心中的大石頭。

接著就是見證奇蹟的時刻了，王碩彥顧不得兩年前的東西還有沒有電，先開機再說。他緊按著電源鍵不放，螢幕亮了。

誰都不會知道他現在心臟跳得有多大力，他等著手機開機，看上面的電量不足，趕緊從袋子裡再找出其他人遺失的充電線，湊合著就裝上了。

叮噹！

手機發出清脆聲響，順利開機，但也跳出了解鎖畫面。

王碩彥雙手顫抖，從懷中拿出那枚黑色瓶子，取出了翁泰的斷指，往手機後方的指紋感測區按下去，嗡嗡嗡，解鎖成功。

「……」

「……」

然而都還來不及感受到勝利的喜悅，手機接著又跳出了另個視窗，要求輸入開機密碼。

王碩彥和李玉潔面面相覷，大眼瞪小眼，這是怎麼回事？

「怎麼還有開機密碼！」王碩彥怒捶桌子，不樂意了。

「那手指是什麼東西！」李玉潔也破口大罵，關注的點完全不同。

「為什麼還有開機密碼啊！」王碩彥整個大崩潰，他一路辛苦的走到現在，難道就這樣白費了嗎：「天吶，難道真的天要亡我嗎！」

「你那手指是哪來的？為什麼有手指？該不會是活人的！」李玉潔咄咄逼人的問道。

「你給我閉嘴，瑪爾濟斯，你根本不知道，我們死定了，完全死定了！」王碩彥抱頭痛哭。

見王碩彥這樣，李玉潔收斂了點，他拿起手機，不屑的就嘟嚷道：「開機密碼不就開機密碼嗎？

連這個你也不知道？」

他接著就輸入了「０００００」，他是個七十歲的老人，認為全天下的手機，開機密碼都是一樣的，都是預設的「００００」。

王碩彥大叫，心懸到了嗓子眼，那開機密碼可是有次數限制的，不能亂嘗試呀，誰知，手機竟然就這樣被打開了，密碼真的是「００００」！

「……」

「……」

兩人再次大眼瞪小眼，王碩彥都驚呆了。

「看你現在還有什麼好說！」李玉潔隨便的將手機扔到桌上，指著那截斷指問：「你給我解釋清楚，它到底是怎麼回事！你去砍人嗎！」

但王碩彥早已懶得理他了，他喜極而泣，真是瞎貓碰上死耗子呀，李玉潔是個老人，翁泰也一樣是個老人，兩個都是科技白痴，要把密碼設成默認的「００００」，還真說得過去！

他飛快的瀏覽手機，打開LINE、打開簡訊、打開通訊錄、打開電話記錄、打開相簿，然後莞爾一笑，他心裡終於有底氣了，就憑這支手機，那些傢伙，真的死定了。

他不顧李玉潔的囉囉唆唆和咧咧罵罵，將手機的指紋鎖改掉，解除，並將翁泰的斷指扔進馬桶，沖掉。然後就走出偵訊室，帶著那金色的IPHONE。

大廳裡，燈光明亮，警察們依舊持槍對峙，和剛才都相同，但也完全不同了。

「霖光派出所」的紙板招牌已經被推了出來，那是昔日舉行記者會時所慣用的背景，副所長正戴著眼鏡站在一旁拈稿，挑選著要幫所長準備什麼講詞，無視外頭的風風雨雨。

「王碩彥，所長呢？」副所長一看到他就問道：「現在狀況是派出所被包圍了嗎？所長想怎麼處理？分局長要來嗎？」

「你真好笑。」王碩彥戳了他的額頭，就將他推開。

「欸，王碩彥你，沒大沒小了！」

王碩彥讓阿弟仔打開投影機，並拿出懷中的密錄器，連接電腦，準備將在李玉潔家時所錄到的畫面都播出來。而這時，從那冒煙的黑頭車裡，竟爬出了一個人。

「不可以……」翁明滿臉驚恐的爬出來，臉上流滿的，也不知是血還是辣油。他盯著王碩彥手中的金色IPHONE，像殭屍般爬過來，苦苦哀求：「不可以……」

但他才沒爬幾步，就被阿弟仔給踩住了背，制止了。

阿弟仔拿步槍指著他，像小孩一樣掃描。他可能要很久以後才會知道，自己腳下所踩的，可是身價超過百億的富翁。

「沒有記者的記者會要怎麼開？」林家豪問道，外頭一片亂糟糟的，警政署又派來了更多人，且好像終於有識事的大官出面了，來到現場指揮，派出所隨時會淪陷。

王碩彥的調虎離山之計可能失效了，李啟陽被抓到了。

「現在都什麼時代了，開記者會不一定要有記者，我們直播。」說完，王碩彥就跟林家豪借了手機，打開錄影功能，連結社群平台，並拿出大聲公對外頭的記者喊話，要他們去搜尋他的直播。

此時此刻的台北市，風雨飄搖，鎮暴警察包圍派出所的事情，早已登上了頭條新聞，各家媒體都瘋狂報導，SNG車滿街跑。不只局長、署長，連市長和府院高層都來到了現場，但誰來都沒用，蜂窩已經被捅破了，沒有人能收拾殘局。

除了一個人。

王碩彥不要署長也不要市長，他只要一個人。

「我要見總統。」王碩彥對著鏡頭說道，他站在霖光派出所的紙板旁邊，面對著空無一人的牆壁，卻感覺自己正被全世界凝視著，站在鎂光燈的焦點中：「請總統來到這裡。」

或許總統，終究也是利益集團的一分子，但王碩彥已經盡力了，他捨身忘死的走到了這一刻，他累了，沒有辦法了，只能將希望寄託於最後的這個人。

「你們所見到的，這些日子以來的，翁泰筆記本上所記錄的事情都是真的。」王碩彥說道，拿出了那支金色的手機：「這是翁泰生前最後沒被銷毀的手機，裡面記錄了無數高官收賄的證據，還有他們的訊息記錄。」

砰的一聲，一顆子彈忽然從遠方的窗戶射進來，打在王碩彥身後的看板上，只差一釐米，就要擊中王碩彥的頭。

這是狙擊槍。

王碩彥嚇呆了，原來，這就是所謂的「動搖國本」。

他沒有時間思考，鎮暴警察已經接獲最新命令，衝破了鐵門，不顧阿弟仔等人開槍示警的湧進派出所內，衝鋒槍噠噠噠噠的聲音迅速響起。

混亂之中，他被帶往了地下室逃難，直播的手機被人拿起，塞在他手上，繼續錄製著畫面。他好像耳鳴一樣，什麼都聽不見，只看到是林家豪口沫橫飛的以肉身阻擋，指揮著大家下樓，堅持到最後一刻。

阿弟仔被抓住了，被壓在地上，阿浩拖著李玉潔，跟在他們後頭跳著樓梯下來，沿路關上防火門，阻擋對方的進攻。

他們就這樣一直逃，一直逃，逃到了最終的那個庇護所，地下室的廢棄餐廳，用來摸魚偷懶的庇護所。

阿浩鎖上了門，推倒冷氣櫃阻擋，然後搧了王碩彥一巴掌。

「鹽哥，繼續講啊！」他著急的說道，眼眶都是淚：「你倒是繼續講啊！」

王碩彥醒了過來。

「這些人，他們收錢辦事，心腸都是黑的，眼裡只認錢。」王碩彥淚也流了下來，他對著鏡頭展示了所有金色手機內的訊息記錄：「他們偽造證據、竄改起訴書事實；藏匿贓款、透過珠寶與地下匯兌洗錢；花錢買兇、殺死證人；炒作股票、內線交易；陷害競爭對手、逼人跳樓；包庇毒品走私、買通海關人員；施壓基層警察、棄保潛逃；挪用公款、成立空殼公司、詐騙國家銀行；傾倒違法毒物、偷工減料、製造假的驗收證明……」

說都說不完喔，這些故事無比精采，在翁泰筆記本上，僅有一行標題的文字，到了這支手機裡，都可以衍生成一大篇令人怵目驚心的犯罪記錄。

王碩彥忘了自己最終是怎麼得救的，或許是總統來了，也或許是對方自知大勢已去，逃之夭夭。總之，他將手機裡所有能展示的東西都展示完了，用盡他最後的力氣。

他所放出來的畫面將永遠被記錄在媒體的影帶裡、民眾的手機上，再也沒有人能消滅這些證據、隱瞞這些滔天的罪過了。

王碩彥不相信司法能得到真正的改革，也不相信這官僚制度會有撥雲見日的一天，但，至少真相大白了，他至少讓一部分的真相，大白了。

※　※　※

翁泰案的醜聞一直延燒了將近半年，才有淡化的跡象。

原先因罪證不足而未起訴的案子，全被重啟調查，金色的IPHONE提供了無數具體的證據給檢調部門，包括談話記錄、包括金流走向，這些證據一刀斃命，連那已經被洗錢洗得乾乾淨淨的「兩億案」，都能重新追出贓款的流向。

現任司法院長、前任司法院長都被逮捕，法務部、調查局、地檢署、各公部門也都死的死、倒的倒，最大尾的頭子一個都沒能逃過，想甩鍋都甩不掉，當然也包含了他們警界。

別的縣市就不說了，就說他們台北市，王春暉被抓了，江卿也被抓了，翁泰集團在雙北地區的建案，受到了這些警察頭子們不少「幫忙」，所有的王系人馬幾乎都倒台，小到連林木森這種咖，也進監獄了，因為他的老長官田維漢，為了減輕罪行，把他大大小小醜事都給捅了出來，親自作證。

奶瓶的「協助逃犯案」、重劃區的「傾倒爐渣案」，他都有份，而且他和田維漢本來就是幕後主使者了，不讓他們加入，實在說不過去。

照理說這手機是兩年前的手機，不應記錄到近期的案件，但它卻發揮了挑撥離間的效果，迫使貪官們將彼此拱了出來。

但是，翁泰案的醜聞，也僅僅是「翁泰一個人」的醜聞而已，要知道，比翁泰還有錢的人，能夠再站出一排。這次的風波再怎麼巨大，也只是冰山一角，肯定有更大尾的人沒被抓到，也肯定有更多案件沒被找到，雖然它們指向的兇嫌，可能都是同一人，已經在牢裡了。

若不是一個意外、一場車禍、一本外流的筆記本、一支被丟進水溝的手機、一位偷懶不受理拾得物的警察，這起事件還真不會發生呢，恐怕這些高官都還能道貌岸然的站在講台上，義正嚴詞的藐視眾人吧？

「學長，你在幹嘛，不一起去開會嗎？」阿弟仔的聲音忽然傳來，將他拉回現實。

依然是在霖光所，依然是五點鐘開會，但很多事情都變了。

所長換人了，很多同事換人了，派出所的門面也全都改了。

當初，翁明的黑頭車撞壞了門口，鎮暴警察也個個都是拆家高手，這使得霖光所面目全非，得重新裝潢。

現在的霖光所看起來就和以前完全不一樣，樑柱、牆壁、天花板、地板、槍械室、值班台全都重新整修，有了新的面孔。

「走啊，幹嘛不開？」王碩彥喚了一聲，和阿弟仔一起上樓。

很多事情變了，也有很多事情不變，例如阿弟仔、林家豪、阿浩依然和他共事，在他身邊。

阿弟仔亂蓋章的事情，後來獲得檢察官的不起訴處分了，其他被林木森給害進監獄裡的人，也都因林木森是主犯，落網，而被減輕刑期了。

但他們依然在監獄裡，這是最令王碩彥遺憾的事情，他，這陣子會再去看看奶瓶的。

既有遺憾，那就也有欣慰，翁泰案這齣鬧劇，當初可鬧得不小，不僅警政署擅自調動鎮暴警察，霖光所也違逆上級、非法使用槍枝、霸佔派出所，王碩彥甚至還對檢察長等人開了槍，林林總總，數都數不盡。

但，總統寬恕了他們，這起案件，最後被起訴的都只有機關主管，基層們全都沒事，包括了一頭霧水被調來的鎮暴警察、地檢署的法警、調查局的基層調查官等等。

說寬恕也並非只是嘴巴上的寬恕，這是有法律理由的，當為了保護自身的利益而去侵害別人的利益時，是可以得到犯罪豁免權的，就好比正當防衛，有人要拿刀殺你時，你不可能不反抗。

基層沒事，高層有事，這可真是千古之奇事了，王碩彥從警這麼久，從未見過有如此倒行逆施之事，哪有長官被抓去關，而基層不背黑鍋的道理？簡直亂了套！

當然，這是他的玩笑話。

「楊宏傑。」

「又！」

「陳美霞。」

「又！」

「王碩彥。」

「又！」王碩彥舉手答道。

在前方點名的不是誰，正是副所長，原本的副所長，一模一樣的副所長，屹立不搖的副所長，奇哉，妙哉！

一個霖光所，所長來來去去，換了無數個，驀然回首，就那個副所長依然在位置上，從沒變過。王碩彥曾說過他是最成功的警察，他還不是嗎？翁泰案對他來說，僅僅是一把沙撲來，稍微打亂了他的生活罷了，他很快就又回到了正常步調中；就好像睡覺睡到一半被人推了一把，醒了一下，然後又繼續睡這樣。

副所長，著實也是個奇葩到極點的人物吶，要說比他更奇葩的，可能只剩李玉潔而已。李玉潔，已經辭去志工的職務，離開霖光所了，位在大安區的房子也賣了，攜家帶眷的搬到別的縣市去住了。

這次的翁泰案讓他受到極大的驚嚇，終於肯安份守己的過上退休生活了，他身處在整個風暴的中心，卻可能是唯一一個全身而退的大警官了，檢調單位連查都不想查他，完全沒把他當一回事。瑪爾濟斯的走，讓全所的人都大聲叫好，王碩彥也不例外。他可沒有什麼「斯德哥爾摩症候群」，會同情一個整天想搞他的人。他和李玉潔是曾在同一條船上過，但現在靠岸了，那機車人能滾多遠就滾多遠，別再來煩他！

「報告所長，點名完畢，應到十七人，實到十七人。」副所長合上了名冊，說道。

「好哦。」新任的所長站起來，朝眾人掃視一眼：「下個月就是贓車取締月，還請各位幫忙了。」他新官上任，意氣風發：「本所今年還差一件槍枝，等下開會結束請那個……」他想了一下名字：「林家豪留下來。」

「收到。」林家豪應聲。

一切彷彿都沒改變，所長吩咐著所長該吩咐的事，基層做著基層該做的工作，副所長也繼續點名，年復一年，霖光派出所也還是霖光派出所。

這次的貪腐醜聞讓整個公部門都換了新血，能叫得出來的局長、科長、處室主管，沒被免職就是被撤換。警界的長官全換了一批新的人，王春暉的勢力更是被連根拔除，只要和他沾上邊，即使沒風紀問題，也都被趕出了台北市、趕出了首都。

他們的未來，台北市警察局的未來，將會變得怎麼樣呢？

新任的局長聽說是從新竹來的，王碩彥對他還不熟，各方民意代表、里長們也都還在琢磨，不知道該用什麼態度對他。是該保持距離、公事公辦；還是得如往常那樣，逢迎巴結，送禮上門呢？

這新來的局長，以及他所帶來的幕僚，是否會成為新的「王系」？

王碩彥笑而不語。

長江後浪推前浪，前浪死在沙灘上。他則是沙子，在浪中滾呀滾的，有的沙子被捲進了海裡，有的被沖不見，他則夠重，他有七十幾公斤，最近又胖了些。

他會好好待著的，穩穩的待在原地，那是他，唯一能做的事情。

要推理97　PG2703

要有光
FIAT LUX

警察執勤中：
正義的代價

作　　者　顏　瑜
責任編輯　楊岱晴
圖文排版　陳彥妏
封面設計　王嵩賀

出版策劃　要有光
發 行 人　宋政坤
法律顧問　毛國樑　律師
印製發行　秀威資訊科技股份有限公司
114台北市內湖區瑞光路76巷65號1樓
電話：+886-2-2796-3638　傳真：+886-2-2796-1377
http://www.showwe.com.tw
劃撥帳號　19563868　戶名：秀威資訊科技股份有限公司
讀者服務信箱：service@showwe.com.tw
展售門市　國家書店（松江門市）
104台北市中山區松江路209號1樓
電話：+886-2-2518-0207　傳真：+886-2-2518-0778
網路訂購　秀威網路書店：https://store.showwe.tw
國家網路書店：https://www.govbooks.com.tw
總 經 銷　聯合發行股份有限公司
231新北市新店區寶橋路235巷6弄6號4F
電話：+886-2-2917-8022　傳真：+886-2-2915-6275

出版日期　2022年4月　BOD一版
定　　價　350元

讀者回函卡

Printed in Taiwan

國家圖書館出版品預行編目

警察執勤中：正義的代價/顏瑜著. -- 一版. --
臺北市：要有光, 2022.04
面；　公分
BOD版
ISBN 978-626-7058-19-0(平裝)

863.57　　111001136